KB197612

미시마 유키오의
편지교실

MISHIMA YUKIO RETA KYOSHITSU

by Yukio Mishima

Copyright © 1968 The Heirs of Yukio Mishima

All rights reserved.

Originally published in Japan.

Korean translation rights arranged with The Heirs of Yukio Mishima, Japan through

THE SAKAI AGENCY and JM CONTENTS AGENCY.

三島由紀夫　レター教室

미시마 유키오 지음
최혜수 옮김

미시마 유키오의
편지교실

H

차 례

일러두기

1. 이 소설은 1966년 9월에서 1967년 5월에 걸쳐 잡지『여성자신女性自身』에 처음 연재 · 발표되었으며, 번역 저본으로는 치쿠마쇼보筑摩書房에서 나온 문고판『미시마 유키오 편지교실』(1991년 12월 초판)을 사용했습니다.

2. 본문에는 오늘날의 인권 의식에 비추어볼 때 부적절한 신분 · 직업 · 장애에 관한 문구나 성차별 표현이 있지만, 집필 당시의 시대적 배경과 작품의 문화적 가치를 고려하여 원문의 느낌을 최대한 살려 옮겼습니다.

3. 각주는 모두 옮긴이 주입니다.

등장인물 소개

이 책 편지교실은 약간 색다른 형식으로 되어 있습니다.

다섯 명의 등장인물이 번갈아 쓴 편지를 보여드리고, 그 편지가 그대로 예문이 되고 본보기로도 쓰이도록 써나갈 생각입니다.

다섯 사람은 저마다 생활 속에서 울거나 웃고, 사랑하거나 차이고, 돈을 빌리거나 거절당하고, 또 한편으로는 시치미를 떼며 고상한 사교편지를 쓰고, 혹은 서로 미워하거나 비웃고, 남에게서 받은 연애편지를 서로에게 보여주는 등 변화무쌍한 모습을 보여줍니다. 끝내는 실이 얽히고설켜 감당할 수 없는 일이 벌어질지도 모르지만 편지는 편지, 한 통 한 통이 완결된 하나의 세계입니다.

그럼 이제 슬슬 다섯 명을 차례차례 소개해드리죠.

(A) 고리 마마코氷ママ子(45세)

이 사람이 가장 다루기 힘든 인물입니다. 마흔다섯의 제법 살찐, 당당한 성격의 미망인이며 전前 미인.

자택에서 영어학원을 운영하는데 그게 잘 되어 지금은 비서와 조수도 있고, 대학생 아들과 고등학생 아들이 있는데 큰아들은 엄청난 플레이보이이고 작은아들은 심한 고지식쟁이.

마마코는 남편과 함께 3년 간 미국에서 생활하면서 거기서 영어를 배웠는데, 그때 배운 영어가 남편과 사별한 후 큰 도움이 되었다. 화려한 무늬의 원피스를 입고 고양이 같은 목소리를 낸다. 말도 잘하고 수완도 좋은데 영어를 지나치게 많이 써서 입을 세모로 벌리거나 네모로 벌리는 등, 어쨌든 입을 너무 많이 벌린다.

상류층인 체하며 다양한 사교 모임에 얼굴을 비추고 싶어 하는 한편 연애에도 열심이다. 학생 중 한 명과 친해지면 일부러 영어로 러브레터를 써서 그의 독해력을 채점하지만 물론 평소에는 일본어를 쓴다.

글쓰기를 좋아하며 혼자 있을 때는 엄청나게 편지를 써 댄다. 닥스훈트 한 마리를 기르고 있다.

(B) 야마 도비오山卜ビ夫(45세)

마마코와 동갑내기 남자 친구. 유명한 복식 디자이너로 콧수염을 짧게 길렀고 깃대처럼 말랐다.

뭐든 자기가 가장 세련되었다고 믿으며 비꼬기를 좋아하고 문학적이지만 어딘가 촌스러운 데가 있다. 그도 그럴 것이 가고시마 태생으로 열다섯에 가출하여 도쿄의 큰아버지에게 의지해 홀로 디자이너의 길을 걸어온 사연이 있어서인데, 이제는 그런 옛날은 다 잊어버렸다는 듯한 얼굴로 산다.

마마코의 정장을 만드는 동안 아주 친한 친구가 되어 무슨 일이든 털어놓게 되었지만, 서로 취향이 달라 연인 사이는 아니다. 부인은 봉제공 출신의 얌전한 사람인데 남편의 생활에는 일절 간섭하지 않는다.

도비오는 고양이 다섯 마리를 기르고 넥타이를 오백 개 가지고 있다. 왕성한 연애생활을 하면서 때로는 어울리지 않게 순정파가 되고, 기쁠 때는 옆으로 껑충거리며 뛰는 버릇이 있는데 그 모습이 마치 킹크랩 같다.

(C) 가라 미쓰코空ミツ子(20세)

예전에 고리 마마코의 영어학원을 다녔던 학생. 영어 공부에는 성공하지 못했으나 마마코의 총애를 받아 학원을 그만둔 후로도 이따금 왕래가 있다.

큰 상사회사에서 일하는 OL*이지만 시집갈 때까지 임시로 다닌다는 생각이라 일에는 건성이다. 덜렁대는 성격이어서 맡은 일에 실수할 때가 많지만, 혼나도 밝은 얼굴로 사과하므로 남의 미움을 산 적은 없다.

작은 몸집에 눈이 크고 코가 귀엽게 생겼으며 어디를 찔러도 팔딱거리는 소리가 들리는 듯한 느낌이 드는데 기묘한 특징은 글씨를 잘 쓴다는 것이라, 그래서 자연히 글쓰기를 좋아하게 되었다. 편지만 보면 아주 내성적이고 상냥한 아가씨로 오해하기 십상이지만 때로는 장난기가 자연스레 고개를 내민다.

자동차 운전을 배우기 시작했으나 면허를 따기가 쉽지 않다.

---

* Office Lady의 약자로 여성 사무원을 뜻하는 일본식 조어. 1963년(편지교실 연재 3년 전)에 주간지 「여성자신女性自身」에서 원래 일하는 여성을 뜻했던 business girl을 대체하는 말을 공모한 결과 1위로 선정된 단어이다.

(D) 호노오 다케루炎タケル(23세)

가난하지만 연극 연출을 공부 중인 매우 근면하고 논리적인 청년.

어느 극단에 견습생처럼 공부하러 들어가서 그곳의 연극 의상 디자인 일로 가끔 도비오의 가게에 심부름을 드나들다가, 우연히 와있던 마마코와 이야기를 나누다 자신의 연극론을 설파한 후, 마마코와 도비오의 호감을 사서 미쓰코를 소개 받기도 한다. 하지만 다케루는 이러한 부르주아 풍의 분위기에 반감이 있다.

사실은 신극新劇*에 나오는 더벅머리 청년 느낌으로 멋을 부리고 싶지만, 엘리베이터 안내 담당 아르바이트를 하고 있는 터라 복장 규정이 까다로워 그럴 수 없다.

늘 한가할 틈 없이 일을 하거나 토론을 하거나 음식을 먹고 있어서 다른 일을 할 여유가 전혀 없어 보이지만, 편지만큼은 부지런히 쓴다.

글쓰기에 재능이 있어서 똑같이 돈을 빌려달라는 편지를 써도 예의범절에 까다로운 선배에게는 그 선배의 마음에 들 만한 문장을 쓸 수 있다.

---

* 구극舊劇인 일본의 전통극인 가부키나 신파극(변사가 개입하여 주제를 직설적으로 말하는 방식의 통속극)과 달리 유럽에서 전파된 근대적인 연극을 지향하는 일본의 연극을 가리킨다. 번역극을 중심으로 시작되어 가부키와 신파극의 상업주의를 비판하며 예술지향적인 연극을 추구했다.

다케루의 생김새는 그가 말하는 연극이론만큼 심각하지
는 않다.

(E) 마루 도라이치丸トラー(25세)

아주 포동포동하게 살이 쪘고 정말 낙천적인 성격이다.
남들이 낙천적이라고 봐주는 이상 그렇게 되지 않을 수가
없다.

미쓰코의 사촌오빠로 대학에서 벌써 3년째 유급했다. 머
리는 그리 나쁘지 않지만, 단지 게으르고 텔레비전을 보면
서 음식 먹기를 좋아해서 다른 일은 별로 하고 싶어하지 않
는다. 몸을 쓰지 않는 일이라면 비교적 귀찮아하지 않는다.
여기저기 펜팔 친구가 있고 우표 수집가이며 우표를 교환하
기도 하지만, 스스로도 중학생 같은 취미라고 생각한다.

요령이 없어서 길을 가다 다른 집 아이와 부딪쳐 아이를
넘어뜨리고, 담배를 사면 잔돈을 받는 것을 잊어버리며, 늘
멍하니 자기가 쓴 편지의 답장이 오기를 기다린다.

공상가이며 공상 속에서는 자신을 대단히 말쑥한 청년이
라고 상상한다.

꽃

이것으로 다섯 명의 소개를 마쳤는데, 이들이 이렇게 다

양한 처지와 나이 차이를 초월해 '글쓰기를 좋아한다'는 공통점이 있다는 사실을 아셨을 것입니다.

만사를 전화로 해결하는 세상이라 미국의 일부 도시에서는 이미 영상전화도 실용화되었지만 편지의 효용은 여전해서, 사람들은 잘 봉한 종이의 밀실 안에서 느긋하게 양반다리를 하고 앉아 이야기 할 수도 있는가 하면 엎드려 누워 이야기할 수도 있고, 상대가 누구든 다섯 시간 동안 독백을 들려줄 수도 있습니다. 그곳에서는 마치 커다란 호텔 객실에서처럼 아주 예의 바르고 격식을 차린 대화에서부터 안방에서 나누는 정담에 이르기까지, 갖가지 대화를 다른 사람에게는 들리지 않게 나눌 수 있는 것입니다.

······지금 등장인물(A)인 고리 마마코가 편지를 쓰기 시작했습니다.

그녀의 편지지는 정말 재미없게 생긴 사무용지인데, 여러 차례 턱을 괴면서 생각에 생각을 거듭하며 편지를 쓰는 모습을 보면 무언가 중요한 속마음을 고백하는 듯 보입니다.

고풍스런
러브레터

고리 마마코가 야마 도비오에게 쓴 편지

이런 편지를 쓰지 않고 만나서 의논하면 좋겠지만 당신이 바쁘다는 걸 잘 알고 있고, 이런 일을 가지고 일부러 약속을 잡아 밖에서 만나기는 내키지 않아요. 그렇다고 해서 가게로 찾아가 이야기할 수도 없고, 심지어 또 비싼 정장을 맞추라고 할 것 같으니 여러모로 숙고한 끝에 이렇게 편지를 씁니다. 사실은 어떤 사람에게서 다음과 같은 편지를 받았는데 그에 대한 당신의 의견을 듣고 싶습니다.

우리 영어학원이 신축 빌딩을 짓고 거기로 이전할 계획이 있는 건 당신도 알고 계시죠? 그와 관련하여 수중의 자금만으로는 아무래도 부족해서 은행에서 돈을 빌리려 이따금 Q은행의 지점에 드나들다가, 그곳 지점장과 친해져서 어떻게든 알맞은 만큼의 자금을 빌리게 되었습니다.

이 지점장이 사실 몇 년 전 부인을 잃은 홀아비라는 건 들어서 알고 있었지만, 대출에 대한 사례를 겸한 자리를 한 번 가진 후에 갑자기 이런 편지를 받았습니다.

요즘 세상에도 쉰이나 먹었는데 이렇게 순진한 사람이 있다는 걸 당신은 믿지 않으시겠지만, 동봉한 편지를 보신다면 믿을 수밖에 없을 것입니다.

고리 마마코 님

어제 식사는 정말 감사히 잘 먹었습니다. 이번 대출 건과 관련된 저의 노력에 감사를 표하셨지만, 수고라 할 것도 없고 은행이 객관적인 판단을 하여 당신의 신용에 맞게 대출해 드리는 돈이니 아무쪼록 부담을 느끼지 말아 주십시오. 이를 토대로 영어학원이 더욱 더 발전한다면 일본 문화계에도 기여하는 바가 클 것이니, 저로서도 이렇게 기쁜 일은 없습니다.

사실 어제도 말이 목구멍까지 나왔지만 도저히 얼굴을 마주하고는 말씀드릴 수 없는 이야기가 있어 이렇게 변변찮은 편지를 드리게 되었습니다. 앞으로 드리는 말씀은 사업과는 관계없는 인간의 마음, 순수한 마음의 문제라는 것을 부디 알아두십시오.

필시 놀라시겠지만 저는 어느 샌가 사모님을 사랑하게 되어버린 듯합니다. 일로 몇 차례 뵈면서 여자의 연약한 팔로 이

편지교실

렇게까지 살아오신 사모님의 눈물겨운 열정에 감동하고, 그 높은 수준의 교양에 탄복하며, 늘 끊임없이 미소를 짓는 자애로운 어머니 같은 인격에 감동한 후로는 매일 일을 마치고 쓸쓸하고 공허한 집으로 돌아오면 사모님의 상냥한 얼굴이 눈앞에 아른거려서, 아이가 저더러 "아빠, 요즘 왜 그래?"하고 묻기까지 합니다.

실로 부끄러울 따름이며 나잇값도 못하는 짓이라는 건 잘 알고 있습니다. 하지만 어젯밤에도 헤어질 때 "앞으로 일 말고 다른 걸로도 서로 뭐든 의논할 수 있는 관계가 되었으면 좋겠네요."라고 사모님이 생긋 웃으며 하신 그 말씀에 기대어 용기를 내어 이 편지를 씁니다.

제가 드리고 싶은 말씀은 거짓도 숨김도 없이 이것뿐입니다. 부디, 남자 이름으로 보내셔도 좋으니 은행 주소로 답장을 써주신다면 얼마나 기쁠지 모르겠습니다.

—그런데 저는 이 지점장님에게 남자로서의 매력을 조금도 느낄 수가 없습니다.

정말 좋은 사람이라고는 생각하지만 이야기하면 따분함 그 자체이며 '이를테면' 같은 짜증나는 말을 아무렇지 않게 쓰고, 술을 따라주면 텔레비전에 나오는 대사처럼 '아이고, 아유, 감사합니다' 같은 말을 하니, 삼라만상을 자기 눈으로 본 적이 없는 사람이라는 생각밖에 들지 않습니다. 게다가 어쩐지 목덜미 부분이 더러워서 누가 봐도 홀아비라는 느낌이고요, 얼굴은 오소리 같이 생겨서 하나부터 열까지 여자가 좋아할만한 구석이 없습니다.

하지만 앞으로도 계속 이 은행 신세를 져야만 하고, 이런 편지를 받으면 여러모로 제 표정도 굳어지고, 제게 다급한 애정을 써 보내왔다는 게 어쩐지 부탁하지도 않았는데 누가 갑자기 머리에 무거운 철모를 뒤집어씌운 것 같은 기분이 들어서, 고민 끝에 당신의 의견을 듣고 싶어졌습니다.

친절한 답장을 주세요.

야마 도비오가 고리 마마코에게 보낸 편지

편지 봤어요. 여자는 시들지 않는다는 말도 있습니다만 늘 활기가 넘치시니 흔쾌하기 그지없습니다.

그런데 당신은 대체 뭘 망설이십니까. 만약 애인 자랑을 할 생각이시라면 이렇게 울적한 애인 자랑은 당신에게 어울리지 않고, 만약 진짜로 곤란하신 거라면 당신이 나이를 먹어 둔해진 거라고 말할 수밖에 없습니다.

무슨 러브레터가 이렇습니까! 당신이 뒤에 쓰신 인물묘사는 읽어볼 것도 없이 그 남자의 편지를 읽은 것만으로도,

그 남자가 얼마나 시시한 사람인지 그 냄새가 물씬 풍겨 제 코끝을 찌릅니다. 이런 인간은 반드시 이런 편지를 쓰는 법이라, 이런 편지를 쓰는 인간은 결코 미남일 수가 없습니다. '글은 그 사람의 됨됨이를 보여준다'는 말은 실로 무시무시한 격언입니다.

첫 부분에서 '문화계' 운운한 것은 부끄러움을 숨기려는 표현으로 받아들인다 해도 쉰이나 먹어서 '인간의 마음, 순수한 마음의 문제'라고 지껄이는 남자의 거짓말은 참을 수가 없습니다. 쉰이나 먹으면 인생은 성욕과 돈뿐이며 '순수한 마음의 문제'는 그게 채워진 다음이 아니고서야 생길 리가 없습니다.

게다가 다섯 살이나 연하인 당신에게 '자애로운 어머니 같은'이라니, 이게 무슨 실례인가요! 이 남자는 분명 오이디푸스 콤플렉스의 소유자로, 와이셔츠 아래에 남몰래 턱받이를 하고 있는 게 분명합니다. 그리고 거기에는 어머니에 대한 응석이 더욱 불순한 '어머니의 생활력에 대한 응석'으로 변형되어 있다는 사실을, 당신 정도 되면 한눈에 간파해야만 합니다.

무엇보다 이 러브레터에는 당신의 육체에 대한 찬미의 말이 하나도 없잖아요. 당신은 그런 러브레터를 받아들일 수 있나요? 여성의 정신적 가치를 육체 없이 믿으려 하는 이 남자는 어쩌면 이미 남성의 능력을 상실했는지도 모릅니다. 조심! 조심!

그건 그렇고 붓을 쓸데없이 놀려서 이렇게까지 생판 모르는 남자를 매도하고 싶어진 데는 어쩌면 제 질투가 숨어 있는지도 모르겠네요.

요청하신 답신의 예문을 아래 써두겠습니다. 되도록 간단한 편이 좋겠지요.

편지 읽었습니다.

이런 할머니에게 그런 말씀을 해주시니 평생 영광으로 알겠습니다. 하지만 저는 모든 연애를 초월한 경지에 있으니 모처럼 해주신 말씀도 발치에서 들리는 지하철의 바퀴 소리처럼 느껴질 뿐입니다. 부디, 노면전차의 선로와 지하철의 선로는 결코 교차되는 일이 없다는 점을 마음에 새겨주십시오.

다음에 뵐 때는 더욱 즐겁고 단조로운 시간을 보냈으면 합니다. 이만 줄입니다.

이 '더욱'의 냉혹한 뉘앙스를 상대가 알아채면 좋을 텐데요.

유명인에게
보내는 러브레터

호노오 다케루가 가라 미쓰코에게 보낸 편지

당신의 게으름이 놀랍습니다. 저더러 팬레터 대필을 하라고요? 그것도 그런 부르주아 연극을 쓴 작가 구리 가라몬한테 쓰라고요?

먼저 하나 묻겠습니다만, 당신은 어쩌다 그렇게 잘난 척하는 중년 남자의 팬이 된 겁니까? 당신에게 어울리는 젊은이는 얼마든지 있지 않습니까.

둘째로 당신은 그런 부르주아 희극, 경박한 살롱극*, 유한마담의 잠꼬대만 쓴 연극의 어디가 마음에 든 거죠?

이상의 질문에 납득이 갈만한 설명을 들을 때까지 대필은 해드릴 수 없습니다.

---

* 상류 사회의 일상을 소재로 한 가벼운 희극

가라 미쓰코가 호노오 다케루에게 쓴 편지

사정을 제대로 설명하지 않은 채 갑자기 부탁만 드려서 죄송해요. 당신이 아무리 뭐라 한들 저는 구리 가라몬 선생님의 연극이 좋습니다.

특히 얼마 전에 상연한 〈N부인의 피아노〉라는 희곡은 일본에서는 보기 드물게 세련된 희곡으로, 그렇게 훌륭하고 기지가 넘치는 대사를 쓸 수 있는 극작가는 달리 없습니다. 저는 회사 친구들 네댓 명과 함께 보러 갔다가 몹시 감격했습니다. 특히 그 종막終幕에서 부인이 어쩔 수 없이 팔게 된 피아노에 자기가 애용하는 향수를 살짝 뿌리는 부분이 좋았어요.

저, 구리 선생님께 꼭 팬레터를 쓸 거라고 친구들한테 선언했거든요. 선생님의 얼굴은 팸플릿에서 사진으로 봤을 뿐 잘 모릅니다. 하지만 당신 말처럼 잘난 척하는 느낌은 아니고, 약간 영양이 부족한 듯한 느낌이 멋지다고 생각해요.

호노오 다케루가 가라 미쓰코에게 쓴 편지

작품에 대한 순수한 관심이라는 것을 인정하시니 팬레터를 대필해 드릴 마음이 생겼습니다. 만약 구리 가라몬이라는 인물 자체에 대한 흥미라면 불결해서 용납할 수 없다는 생각이 들었기 때문입니다. 어차피 구리 가라몬이라는 극작가는 경박하고 무기력한 체질의 인텔리일 게 뻔하니 자신의 체력적 한계를 고려하여 인텔리 여성만을 상대할 것입니다.

제가 봤을 때 당신은 인텔리라고 할 정도의 사람은 아니지만 팬레터에는 그럴듯하게 써드리지요.

이제 됐습니까?

구리 가라몬 님

지난번에 〈N부인의 피아노〉를 보고 몹시 감격한 나머지 편지를 드리는 무례함을 아무쪼록 용서해 주십시오. 선생님의 작품을 늘 재미있게 봐왔지만 〈N부인의 피아노〉로 일본에 이제껏 없었던 19세기 영국 응접실 희극*의 훌륭한 기지와 세련된 무대를 실현하셨다고 생각합니다.

솔직히 말씀드리면 배우들에게는 이런저런 불만이 있고, 그저 선생님의 빛나는 희곡만이 홀로 무대 위를 돌아다닌다는 느낌이었습니다. 선생님께서 인간을 바라보는 차가운 시선 속에는 어쩜 그토록 따뜻한 슬픔이 숨어있는지요. 반면에 선생님께서 언뜻 순진한 웃음을 터뜨리실 때, 그 웃음에는 어쩜 그런 가시가 숨어있는지요. 특히 N부인을 생각대로 움직

---

* 거실을 무대로 하여 상류사회의 인물을 다루는 희극. 현대적 플롯과 사실적인 무대가 특징인 가벼운 풍자극으로 제1, 2차 세계대전 사이에 전성기를 누렸다.

이시는 필치에 저는 근대적인 신神 같다는 느낌을 받았습니다.(주註 '근대적인 신' 같다는 말이 무슨 뜻인지는 모르겠지만, 군데군데 무슨 뜻인지 모르는 말을 넣는 게 팬레터의 요령입니다 —호노오 다케루)

선생님께서 이렇게 많은 인물들의 대화를 홀로 서재에서 쓰고 계실 모습을 상상하면 신비롭고 눈이 부셔서 견딜 수가 없습니다. 선생님은 희극 대사 안에 인간의 모든 생의 지혜를, 그 지혜의 모든 덧없음을 다 써넣으시곤 마무리를 지으시지요.

저희 젊은 여자들은 미지의 인생에 대해 어리석은 꿈만 그리기 마련이지만, 선생님의 연극을 보면 무언가를 배우고 달콤하고 유동적인 꿈을 새로이 가지게 되는 듯한 느낌이 듭니다. (주註 이 '유동적'이라는 말도 무슨 뜻인지 모른다는 점에 주의 —호노오 다케루)

저는 선생님 덕분에 일본의 극단에 없었던 것이 완전히 채워졌다는 생각입니다. 그것은 고급스런 유머, 베이지 색 비판, 마음의 손톱에 바르는 매니큐어, 부드러운 풍자, 마시멜로 같은 심술…… 그리고 선생님의 베스트 드레서 같은 세련됨입니다. 앞으로도 선생님의 작품을 무대에서 더 많이 보고 싶습니다. 만약 짬이 나신다면(거의 쉴 틈이 없으시겠지만) 답장을 받을 수 있다면 얼마나 기쁠는지요.

가라 미쓰코가 호노오 다케루에게 쓴 편지

당신이 써주신 대로 예쁘게 베껴 써서 팬레터를 보냈습니다만, 한 달이나 기다렸는데도 아직 답장이 오지 않았습니다. 그 남자는 상당한 나르시시스트이며 그런 편지라면 매일 백 통은 받고 있다는 듯 보이고 싶은 거겠지요. 할 수 있는 칭찬은 다 해줬는데 우표 값만 버렸어요.

가라 미쓰코가 호노오 다케루에게 쓴 편지

너무 분해서 복수를 결심했습니다. 무엇보다 당신의 팬레터가 별로였다고 생각해요. 상대로 하여금 인텔리 여성은 좀 까다로우니 엮이고 싶지 않다는 생각이 들게 한 게 분명해요. 당신 같은 애송이가 중년 남자의 복잡한 심리를 이해하는 건 역시 아직 무리겠죠. 연극 공부를 더 하세요. 명색이 연출가 지망생이잖아요, 당신은.

복수라는 건 이런 뜻입니다. 저희 쭈그렁 할멈(엄마를 말하는 거예요)의 젊은 시절 사진을 앨범에서 빼내어 몰래 복사를 하고 다시 제자리에 돌려놨습니다. 저래 봬도 20년 전에는 상당한 미인이었거든요. 그리고 그 사진을 넣고 주소와 이름을 모두 엉터리로 써서 이런 편지를 보냈어요.

구리 가라몬 선생님, S극장 복도에서 뵌 뒤로 계속 연모해 왔습니다. 큰맘 먹고 겨우 이 편지를 보낼 용기를 냈습니다.

X월 X일 X시, 도쿄회관 로비에서 기다리고 있겠습니다. 보라색 기모노를 입고 가겠습니다. 만약 오시지 않는다면 죽어버릴지도 모릅니다. 이만 줄입니다.

이히히히히……. 당일 저는 노란 양장 차림으로 기둥 뒤에서 몰래 지켜보고 있었습니다.

왔습니다. 왔어요. 적은 초조하게 주위를 둘러보고는 소파에 편안하다는 듯 앉아 부끄러움을 숨기려 분철된 신문을 읽으며, 끊임없이 담배를 피우면서 30분이 지나도 포기하지 않고 기다렸습니다.

저는 어땠는가 하면, 환상이 완전히 깨져서 이제 구리 가라몬의 연극은 보기도 싫어졌습니다. 게다가 낯빛은 얼마나 양하*꽃 색 같고 이마는 또 얼마나 불쌍하게 넓던지요. 그건 그렇고 하나 확실해진 건, 팬레터 쓰기에 관한 한 당신보다 제가 한 수 위라는 거네요.

오늘은 또 자동차 교습소에 가야 해서 바쁘니 이만 실례.

* 보랏빛이 도는 생강과의 식물

육체적인 사랑을
요청하는 편지

야마 도비오가 가라 미쓰코에게 보낸 편지

요전에는 우연한 만남에 기뻐서 그 뒤에 있던 업무 관련 약속도 팽개치고 뜻밖에 수다를 떠는 데 시간을 보내버렸네요.

이제부터 좀 엄청난 편지를 쓰겠습니다. 모쪼록 도중에 던지지 말고 끝까지 읽어주십시오. 왜냐하면 저는 이래봬도 몹시 부끄러움을 많이 타서 편지 안에서는 무슨 말이든 할 수 있지만, 입 밖으로 내면 너무 부끄럽고 겸연쩍고 다 거짓말이 되어버리는 것 같아서, 요즘 청년들처럼 뻔뻔한 이야기를 할 수가 없습니다.

당신에게 '아저씨'라 불리는 것도 괴롭지만 적어도 편지를 읽는 사이에는 '아저씨'라는 호칭을 잊고, 저를 한 남성으로 여겨주시기를 희망합니다.

요전에 당신과 찻집에서 차를 마시는 동안, 그리고 그 후에 식사를 하는 동안, 제가 어디를 보고 있었을 것 같나요? 분명히 말하면, 당신의 입술과 가슴만 보고 있었습니다.

여성 정장 디자이너 같은 일을 하고 있으면 부잣집 여성들만 손님으로 받게 되는데, 늘 거짓말만 하며 사니까 정말 싫습니다.

"참 젊으십니다."라든가 "가슴 선이 외국인 못지 않으시니까요." 등 매일 그런 말을 하며 사는 처지가 되어보십시오. 심지어 그 상대는 거의 몸 선이 무너져서 옆구리 터진 슈크림 같은 아줌마들뿐입니다. 그래서 당신의 입술을 봤을 때, 그 신선함에 숨이 막힐 것 같았습니다.

당신은 맨 먼저 파르페를 주문하고 긴 스푼으로 글라스 안을 저으며 마치 장난꾸러기처럼 그걸 먹었지요. 당신의 입술은 마치 오늘 아침에 만들어진 입술처럼 신선해서 갓 만들어진 것을 따다가 방금 셀로판지를 벗겨냈다는 느낌인데, 거기에 아이스크림이 엉겨 붙는 모습은 새 신발을 미련 없이 진흙탕에 더럽히는 느낌이라 정말 아까웠습니다.

당신의 입술은 오늘 아침에 '안녕하세요'라고 말했을 때 얼마나 부드럽고, 얼마나 아름다웠을까요. 정말로 '안녕하세요'라는 말에 어울리는 입술을 가진 젊은 여성은 남을 눈뜨게 합니다.

그리고 당신의 가슴은 어떻게 그렇게 치면 울릴 것 같은 예쁜 모양일까요.

저도 직업 상 가짜 가슴에는 절대 속지 않을 만큼의 수련은 쌓았습니다. 이건 가슴 바로 윗부분과 어깨와 팔이 어떻게 이어져있는지를 보면 알 수 있습니다.

당신의 가슴은 봉긋해서, 입을 뾰족하게 내밀고 '뭐요?'라고 말할 때 같은 모양이라 정말 귀엽기 이를 데 없습니다. 가슴이 겸허하게 고개를 늘어뜨리고 있어서는 곤란합니다.

저는 당신이 많이 먹었다는 표현으로 후- 하고 한숨을 내쉬었을 때 그 가슴이 마치 충실한 작은 동물처럼 마찬가지로 후- 하고 올라오는 것을 보고, 이 불평하는 듯한 토라진 가슴에 만족감을 주려면 어떻게 해야 할까, 그런 생각만 하게 되었습니다.

그 부루퉁한 입—젖꼭지를 말하는 겁니다—을 손톱 끝으로 살짝 튕겨주면 얼마나 화를 낼까. 당신이 아닙니다. 당신의 가슴이 화를 내는 순간을 생각하면 저는 정말 기분이 달콤하고 황홀해집니다.

아저씨의 특권으로 확실히 말씀드리자면, 저는 당신과 함께 밤을 보내고 싶다는 마음을 품게 되고 말았습니다. 함께 밤을 보내주신다면 당신이 태어나서 한 번도 경험하지 못했을 멋진 꿈을 보여드리겠습니다. 별것 아닌 일이잖아요.

뜨겁게 빛나는 당신의 허벅지가 매일 밤 침대 위에 누워 있는 걸 상상하면 그것만으로도 충분히 자극적이니, 그 옆에 제가 있게 되었다 한들 결국 당신에게는 마찬가지 아닙니까? 안심하고 아저씨에게 맡겨준다면 결코 당신이 손해볼 일은 하지 않겠습니다.

귀엽고도 귀여운, 잡아먹고 싶을 정도로 귀여운 아기 비둘기야, 아기 고양이야. 세계 최고의 귀여움을 계속 숨기고 있는 심술쟁이. 그대로 계속 숨기기만 한다면 분명 신이 내린 벌을 받게 될 겁니다.

다음 주 목요일 다섯 시에 K호텔 로비에서 기다리고 있겠습니다. 꼭 와주십시오.

호노오 다케루가 가라 미쓰코에게 보낸 편지

부끄러운 줄도 모르는 사람 같으니!

그런 편지를 소중히 들고 다니며 내게 일부러 보여주다니, 정말이지 당신은 얼마나 퇴폐한 부르주아 심리에 물들어 버린 것인지!

당신은 "이런 징그러운 편지를 받았어요. 다음 주 목요일이라면 내일 모레인데 누가 나가줄 줄 알아!" 같은 소리를 하면서, 내가 편지를 다 읽고 나서 찢으려고 하니까 당황하며 빼앗더니 핸드백에 넣었어. 그렇게 추접스런 편지를 어쩔 셈인지? 집에 가서 불단에라도 올릴 셈인가?

난 대강 알지. 징그럽다며 눈살을 찌푸리면서도 그 편지가 왜 그렇게 고이고이 접혀있는지. 당신이 내게 보여주기 전에 적어도 서른 번은 애지중지하며 거듭 읽은 흔적이 있어. 그리고 어떻게 했는지도 잘 알아. 당신은 그때마다 거울 앞으로 뛰어가 자기 입술 모양을 여러모로 움직여보면서 관찰하거나 가슴이 얼마나 나왔는지를 옆으로 비춰보며 곁눈질을 하는 등 갖가지 파렴치한 행동을 했을 게 뻔해.

정말 내 입술은 '안녕하세요'라고 말하는 것 같고 오늘 아침에 갓 만들어진 듯 신선할까? 당신은 몇 번이나 그렇게 자문자답하면서 어렴풋이 입을 벌려 웃었을 게 분명해.

당신이 결국 내일로 다가온 K호텔 데이트에 나간다면 나는 앞으로 당신과 절교하겠어.

내일은 나도 중요한 일을 팽개치고 K호텔 로비에서 망을 볼 생각인데, 당신이 이 편지를 받을 때면 이미 데이트 날이 지났을 테니 이상한 이야기로군. 하지만 나는 당신이 나가지 않았을 때 후회(!)하는 마음으로 나의 이 분노의 편지를 읽었으면 해서 보내는 거야.

가라 미쓰코가 가라 미쓰코에게 쓴 편지

미쓰코 씨. 당신, 결국 그 데이트에 안 가길 잘했어. 조금도 사랑하지 않는데 묘하게 자기 몸을 던지고 싶은 기분에 사로잡히다니, 당신 머리가 어떻게 됐었나 봐.

하지만 역시 그 편지를 찢어버릴 마음은 안 들어. 어째서일까? 나는 결혼해도 그 편지만큼은 간직하고 싶다는 기분이 들거든. 오하나한*은 아니지만, 30년이 지나고 40년이 지나 자기가 젊었던 시절의 매력적인 모습을 떠올리려면, 역시 잘 찍힌 그 어떤 사진보다 남의 말이 더 리얼리티가 있을게 분명하니까.

그건 그렇고 호노오 다케루 귀엽다, 바로 화내고. 당신도 그렇게 생각하지 않아?

---

* 〈오하나한おはなはん〉, 1966년 4월~1967년 4월에 걸쳐 NHK에서 방영되어 평균 시청률 45.8%를 기록한 인기 TV연속극. 아사오 하나(애칭 오하나한)라는 여성이 젊은 나이에 남편을 잃고 홀로 아이들을 키우며 꿋꿋하고 밝은 모습으로 역경을 이겨나가는 과정을 그렸다.

돈을 빌려줄 것을
요청하는 편지

마루 도라이치가 고리 마마코에게 쓴 편지

요전에는 사촌동생인 가라 미쓰코와 함께 미쓰코 친구의 결혼식 선물을 사려고 긴자에 갔다가 우연히 만나서 미쓰코에게 소개를 받았는데, 그때 차와 쇼트케이크를 사주셔서 정말 감사했습니다. 그렇게 맛있는 쇼트케이크는 태어나서 먹어본 적이 없습니다. 정말 혀가 녹아버릴 것 같았습니다. 그런 쇼트케이크는 한 개에 300엔이나 한다는데, 미쓰코도 우리 같은 사람은 그런 찻집에 거의 못 간다고 얘기하더군요.

그건 그렇고 저의 최대 소원은 컬러텔레비전을 사는 것인데, 아무튼 텔레비전은 저의 가장 큰 낙이어서 그것에 색이 덧입혀진다면 이 세상은 천국이 될 것입니다. 텔레비전을 보면서 마른 오징어도 좋고 절인 다시마도 좋고 땅콩도 좋으니, 뭔가 그런 것들을 끝없이 먹을 때가 저는 가장 행복합니다.

그나저나 당신은 바퀴벌레를 길러본 적이 있나요? 그건 어쩐지 기름지고 튼튼한 벌레인데 그 수를 많이 늘리면 중년들이 쓰는 정력제가 될 것 같습니다만, 먹이는 오이만 가지고는 안 될까요?

미안합니다. 펜팔 친구에게 편지를 쓰는 버릇 탓에 쓸데없는 얘기가 저도 모르게 나와 버리는군요. 펜팔 친구라면 제 편지를 재미있다고, 재미있다고 하면서 애타게 기다리는 아가씨가 시코쿠四国에 있습니다.

제 편지에는 남의 마음을 따뜻하게 감싸는 듯한 유머가 있고, 이런 편지를 쓰는 청년은 의외로 말쑥한 미남인 경우가 많다고 합니다.

실은 컬러텔레비전 방송이 시작되고 나서 저는 줄곧 컬러텔레비전을 사고 싶다는 생각에 계속 저금을 해왔지만, 애석하게도 아직 3만 엔 정도가 부족합니다. 그러는 사이에 컬러로 하는 방송이 계속 더 늘어나서 저는 제정신이 아닙니다.

처음 본 제게 300엔짜리 쇼트케이크를 부담 없이 사주신 당신이라면 분명 3만 엔 정도 빌려주시는 건 아무 일도 아닐 거라는 생각에, 당신의 후한 인심, 호화로움에 기대를 걸고 이 편지를 씁니다. 내일이라도 우편환 같은 것으로 송금해주신다면, 저라는 한 학생은 청춘시절 최고의 선물을 한

평생 잊지 못할 것입니다. 취직하면 첫 월급을 모두 당신께 드려서 갚도록 하겠습니다.

세상일은 뭐든 그냥 부딪쳐보라고들 하니, 약간 시험 삼아 편지를 써보았습니다.

가을도 절정인 요즘, 아무쪼록 더욱 건승하시기를 간절히 빕니다.

고리 마마코가 마루 도라이치에게 쓴 편지

당신은 어쩜 그렇게 이상한 사람인 거죠? 편지를 읽고서 웃음을 터뜨렸습니다. 미쓰코에게 바로 고자질하겠습니다.

하지만 현대 청년의 밑바닥 심리 연구에는 도움이 됐어요. 3만 엔을 빌려줄 수는 없지만, 당신이 우표수집가라고 하니 15엔짜리 우표 한 장을 수업료로 동봉했습니다. 정말 고마워요.

호노오 다케루가 야마 도비오에게 쓴 편지

야마 선생님께 이런 편지를 드린다는 게 실례인줄은 압니다만, 모쪼록 청년의 객기가 드러난 것이라 보아주시고 너른 마음으로 용서해 주십시오.

본론부터 말씀드리면, 실은 아파트 월세 석 달 치가 밀려서 이러지도 저러지도 못하는 상황이라 돈 만 이천 엔을 빌려주십사 부탁을 드려봅니다. 이달 말 월급에서 삼천 엔을 갚고 넉 달 안에 다 갚을 생각입니다.

정말이지 화가 나는 일입니다만, 이러한 사정에 대해 아파트 관리인은 전혀 동정심이 없어서 일주일 내로 돈을 내놓지 않으면 쫓아내겠다고 하는데, 쫓겨나면 당연히 보증금에서 이 돈이 차감되고 그러면 산골짜기 여인숙 같은 데로 이사를 갈 수밖에 없습니다.

제가 이 석 달의 체납을 그냥 느긋하게 모른 척 하며 지내지는 않았습니다. 견실한 생활 방침을 세우고자 조금이나마 저금도 했지만, 극단 친구가 어머니의 병을 치료하기 위한 수술비와 입원비를 내지 못해 난처해하면서 바로 수술하지 않으면 목숨이 위태로운 상태라고 하기에 제 저금 전부와 그 달 월급의 반을 얹어 빌려주었습니다. 그런데 나중에 친구의 이야기가 새빨간 거짓말임을 알게 되었고 그는 종적을 감춰버렸습니다. 그 결과 저도 생활비를 남에게서 빌려 어떻게든 버티며 최근 석 달을 보내왔습니다만, 도저히 월세에 손을 대지 않을 수가 없었던 것입니다. 제 생각에 아마 선생님께서는 결코 이런 청년의 어수룩함을 경솔히 동정하실 분이 아닙니다. 선생님은 소피스티케이션*(어른)의 세계에 사는 달인이시며, 사상적인 입장은 다를지언정 저는 늘 '대단하다'고 생각하며 존경해왔습니다.

저의 곤경은 정말이지 초라한 생쥐의 삶과 같은 리얼리즘이며 심지어 신분에 어울리지 않게 휴머니스틱하고 경솔한 믿음에 사로잡힌 행위에 대한 업보이니, 선생님께서 보시기에는 '이런 청년은 더 혼쭐이 나봐야 정신을 차린다'고 생각하실지도 모릅니다.

애당초 상부상조 같은 건 가난뱅이들이나 하는 짓이며 그 결과 생기는 배반이나 배신행위도 부자들의 세계와는 전혀 다릅니다. 부자들은 상부상조처럼 어리석은 동기로는 배신하는 일이 결코 없습니다.

선생님 같은 분께서는 저를 멸시하신다는 걸 압니다만, 오히려 그걸 기대하며 이런 부탁을 드리는 겁니다. 청춘의 어리석음에 대해 객관적인 입장에 설 수 있는 지성이 풍부한 사람이 마치 정원의 흙 위에서 헤매는 개미를 보듯, 그것을 지켜보며 경멸과 변덕으로 한 줌의 설탕을 던져주듯, 돈을 빌려주시기를 꿈꿉니다.

젊은이의 장래를 생각하거나 동정하는 마음에 선생님께서 돈을 빌려 주시는 건 제가 바라는 일이 아닙니다. 그런

* Sophistication 교양, 세련.

건 하찮은 일이며, 무엇보다 선생님 같은 최고의 댄디께는 어울리지 않습니다.

내일 상황을 여쭈러 가게에 들를 생각인데, 부디 위에 대해 예스인지 노인지, 간결한 대답을 주셨으면 합니다.

야마 도비오가 호노오 다케루에게 쓴 편지

지난주에 빌려준 만 이천 엔은 갚지 않아도 됩니다. 그때는 그냥 '빌려준다'고 말했지만 애초에 그냥 드릴 생각이었습니다. 돈을 드리는 건 정말 어려운 일입니다. 당신이 이러한 어른의 심리를 어서 알게 되기를 바랍니다.

그건 그렇고 돈을 빌려달라고 쓴 그 편지는 정말 마음에 와 닿았습니다. 의연합니다. 청년다워요. 계집애 같은 데가 조금도 없어요. 징징대는 구석도 전혀 없고요.

―이게 돈을 빌려달라는 내용의 편지에서 가장 중요한 요소입니다. 사람은 타인의 음울한 기분에 대해 돈을 줄 정도로 관대하지 않습니다.

명쾌함에 대해, 프라이드에 대해 돈을 지불한다면 주는 사람도 기분이 좋습니다. 하지만 다음엔 똑같은 수법으로 나와도 안 돼요.

처녀가 아님을
털어놓는 편지

야마 도비오가 가라 미쓰코에게 쓴 편지

여전히 한가합니까? 여전히 바쁘시냐고 묻는 건 너무 진부하니까요. 그건 그렇고 여전히 젊고 아름다우시겠지요. (이런 건 진부한 게 최고)

오늘밤에는 아내도 피곤한 것 같아 일찍 재우고 고양이 다섯 마리를 무릎 위, 책상 위, 사이드테이블 위, 융단 위, 텔레비전 위에 적당히 배치하고서 이 편지를 쓰기 시작했습니다. 모든 고양이들이 축 늘어져서 놓인 그대로 있습니다.

밤이 으슥해지면 고양이는 점점 더 고양이다워집니다. 낮에 보는 고양이는 어딘가 초라한 느낌이 드는데, 밤이 깊어짐에 따라 고양이 본래의 고귀한 느낌이 점점 더해지거든요.

지금 고양이 얘기를 할 생각은 아니었습니다. 늘 하는 연애놀음 보고라 면목 없습니다만, 어떤 젊은 여자와 교제를 하다가 마침내 몸을 요구하자, 그때 그 여자는 완고하게 거절하다 도망을 가버렸고, 저도 자존심이 완전히 상해서 서로 소원해져 있었는데, 일주일 정도 후에 다음과 같은 편지가 왔습니다.

저는 이런 편지를 쓰는 여자의 심리를 모르지는 않습니다만 어쨌든 재미있는 참고자료로 웃으며 봐주셨으면 해서 제공해드립니다.

그 여자의 직업은 백화점 부인복 매장의 직원인데, 늘씬하고 약간 지적인 느낌이 들면서 눈매가 시원하게 생긴 서정적인 분위기의 미인입니다. 제가 일 때문에 백화점에 드나들다가 왠지 눈이 마주치면 서로 웃게 되어 데이트 약속을 하기 시작했습니다. 네댓 번 만난 뒤였을까요. 제가 앞서 말했듯 그녀를 취하게 해서 호텔로 데려가려다 실패한 건.

뭐 어쨌든 편지를 읽어보십시오.

이 편지, 꽤나 오랫동안 쓸까 말까 망설였지만 역시 쓰는 게 좋겠다는 생각이 들었습니다. 하지만 결코 원한이나 핀잔이 담긴 편지는 아니니 안심하고 읽어주세요.

그때 제가 흔히 있는 따분한 여자애들처럼 갑자기 울음을 터뜨리고는 그대로 가버려서 아마 기분이 상하셨을 테고, 분명 저를 경멸하시리라 생각합니다. 그건 어쩔 수 없습니다. 다만 저로서는 오해 받은 채로 그냥 있기가 아무래도 찜찜하고, 당신께도 미안한 기분이 듭니다.

싫었으니까, 라든가 무서웠으니까, 라는 식으로 간단히 해석하실 거라고 생각하면 좀 견딜 수가 없어요. 당신으로서도 그런 식으로 딱 잘라 끝내면, 그럴수록 더욱 뒷맛이 나쁠 거라 짐작합니다. 분명 제 본심을 알고 싶으실 거라는 자만에 빠져 이 편지를 씁니다. 아니면 이미 잊으셨나요? 그렇다면 뭐, 그걸로 됐지만요.

이제부터 몹시 부끄러운 고백을 시작하겠습니다. 그전에 당신이 만날 때마다 저를 늘 뭐라고 불렀는지 떠올려주세요. 그런 점에서 저의 알 수 없는 행동에는 당신의 책임도 있기 때문입니다. 당신은 몇 번이나 이렇게 말했어요.

"당신은 정말 청순해."라든가, "나처럼 더러운 나이가 되고 보면, 당신의 청순함은 대단한 매력이고 동시에 그 청순함을 어떻게 해서든 내 손으로 더럽혀주고 싶다는 발칙한 생각에 사로잡히거든."이라든가, "넌 흰 벚꽃 종이로 감싼 작은 과자 같은 느낌이 들어."라든가.

당신의 말은 모두 기억하고 있습니다.

그러다 저도 점점 당신이 그리는 이미지와 같은 여자가 되어가는 기분이 든 건, 역시 사랑했기 때문이라 생각합니다. 그런 만큼 그날 밤 몸을 요구하셨을 때는 괴로웠다는 말 말고는 표현할 길이 없습니다. 당신은 물론 그때까지 충분한 복선을 깔았습니다.

"너무 청순하니까 더럽혀주고 싶다."라니, 정말 여심에 와 닿는 매혹적인 말이에요. 하지만 그러니까 더욱 전 당신의 손을 뿌리치고 도망간 거예요.

왜 그랬을 것 같나요? 이유는 간단해요. 요컨대, 저는 이미 순결하지 않고, 순결하지 않다는 그 사실을 당신이 간파하지 않으셨으면 했기 때문입니다.

상대가 젊은 남자아이라면 얼마든지 속일 수 있습니다. 하지만 당신처럼 날카로운 눈의 소유자는 도저히.

—물론 다른 경우를 생각할 수도 있습니다. 당신은 이미 제가 청순하지 않다는 사실을 꿰뚫어 보셨고, 그래서 더욱 청순하다고, 청순하다고 치켜세워주다가 끝내는 몸을 요구한 거라고. 만약 그렇다면 그건 작전 실패예요. 여자는 혹시 상대가 자신의 순결함을 은근히 의심하는 낌새가 있으면 오히려 더욱 드라마틱한 역전을 노리며 '아셨죠? 전 순결했어요. 그걸 당신께 바친 거예요'라는 증거도 보여주고 싶어지기 때문입니다.

아무튼 저는 어떻게든 당신에게 '뭐야, 처녀가 아니었어?'라는 시시한 낙담을 안겨주고 싶지 않았고, 한편으로는 '뭐야,

역시 생각대로 처녀가 아니었네?'라는 경멸스러운 안심을 안겨주고 싶지도 않았던 겁니다. 그렇기 때문에 단 하나의 방법은 제가 다시 한 번 처녀로 돌아가는 거겠지만, 저는 요즘 성형외과에서 유행한다는 그런 거짓말쟁이의 트릭 같은 수술은 받고 싶지 않습니다.

이로써 제가 더럽혀진 경력이라도 있다고 생각하시면 곤란하니 간단히 말씀 드리겠습니다.

예전에 결혼해도 괜찮겠다 싶었던 대학생 애인이 있었습니다. 그 사람에게 몸을 허락했습니다. 벌써 2년 전입니다. 하지만 그 연애는 깨졌습니다. 그 이래로 백화점에서 일하고 있는데 어떤 남자와도 그러한 교제를 한 적은 없습니다. 이것만은 믿어주세요.

당신의 환상을 깨기가 무서웠다고 말하면 저의 자만이 좀 지나치다고 생각하시겠죠. 그렇게 자만에 빠진 사과를 할 생각은 없었어요. 그저 오해가 싫어서 변명을 한 것뿐, 그뿐입니다. 다시 만나주세요!

이상과 같은 편지인데 어떻게 해야 할까요. 다시 바보가 되러 갈 생각으로 만나볼까요? 저로서도 다소 미련이 남아 있거든요. 어떻게 해야 할지 가르침을 청합니다.

가라 미쓰코가 야마 도비오에게 보낸 편지

당신처럼 사람에 대해 잘 아는 분이, 막상 자기 일이 되고 보면 전혀 손을 쓰지 못하게 되는군요. 이 편지를 잘 읽어보세요. 무척 수미일관 된 글이고 냉정한 걸로 보아, 이 여자는 여간 보통내기가 아니에요. 눈썹에 침을 바르고* 사귄다 한들 또다시 찹쌀떡인줄 알고 말똥을 먹게 될 거예요.

그녀는 결코 당신을 사랑하지 않아요. 돈을 노리는 것 까지는 아니더라도 허영과 안락이 필요한 여자거든요. 이런 사람에게 속으면 앞으로 상대도 안 해줄 거예요. 멍청이! 멍청이!(어라? 나 질투하는 건가?)

---

* '여우나 너구리에게 속지 않도록 조심한다'는 뜻의 일본 관용구

동성에 대한
사랑 고백

호노오 다케루가 고리 마마코에게 쓴 편지

실은 이상한 편지를 받았는데, 어쩐지 마음이 가라앉질 않아서 가라 미쓰코 양에게 보여줄까 싶기도 했지만 "뭐야, 추잡스럽게, 흐흥"하고 웃어넘길 것 같은 기분이 들어서 당신께 보내어 감상을 듣고 싶어졌습니다.

왜냐하면 당신은 풍부한 인생 경험을 가지고 있고 자신의 넘치는 매력에 대해서도 충분히 알고 계시며, 심지어 남의 문제를 객관적으로 보아주시는 분인 것 같으니, 그 이상한 편지를 보여드림과 동시에 저의 적나라한 심경도 말씀드리고 싶은 겁니다.

그 이상한 편지는 우편으로 온 게 아닙니다. 이번 연극의 무대 연습이 끝나고, 말은 연출부라고 해도 우리는 무대장치 담당 기술자에 지나지 않으니 더러워진 청바지 허리춤에

망치를 끼워 넣고 장치 정리를 하는데, 제법 뚱뚱한 코믹 조연배우로 텔레비전에서도 유명한 오카와 덴스케가 "아이고, 아이고, 수고 많으십니다."하고 사람들을 격려하며 무대를 가로질러 오더니 갑자기 제 손에 그 편지를 쥐어줬습니다.

저는 봉투를 열어보기 전에는 돈이라도 준 건가 싶어서 참 기특한 사람이 다 있구나 생각했습니다.

오카와 덴스케는 머리가 약간 벗겨진 뚱뚱한 체격의 중년 남성인데 연습을 열심히 하기로 유명하고 틈만 나면 신극 연습 같은 데도 참석합니다. 오늘도 그가 와서 연출가에게 질문 같은 걸 하며 열심히 무대를 보고 있다는 건 알고 있었습니다.

대인관계가 원만하고 으스대지 않는 남자이지만 딱히 여성스럽지는 않습니다. 그래서 저는 편지를 읽을 때까지 오카와 덴스케를 그런 식으로 의심해본 적이 전혀 없었습니다.

한데, 주머니에 넣은 편지를 잊고 있다가 집에 돌아온 후에 생각이 나서 봉투를 뜯어보니 다음과 같은 내용이었기에 깜짝 놀랐습니다.

호노오 다케루 군.

자네는 정말 훌륭합니다. 우리는 무대, 영화, 텔레비전 일에 익숙하니 미남 주연배우 같은 사람은 아무리 인기가 많아도 뒤에서 보면 그냥 꼭두각시 같아서 그 어떤 매력도 느낀 적이 없습니다. 물론 그런 사람들에게 팬레터를 쓴 적은 없습니다. 하지만 이건 자네에게 쓰는 팬레터입니다.

무대 위에서 빠릿빠릿하게 일하는 어린 대나무 같은 자네의 모습, 얌전히 가르마를 탄 머리가 이마로 축 늘어지는 관능적인 모양새, 긴 다리에 몹시 더러워진 청바지가 잘 어울리는 점, 심지어 자네가 무대 끝에 서서 조명 담당과 이야기하며 웃을 때 보이는 흰 이…… 나는 먼지투성이가 되어 일하는 젊은 이의 지적이면서도 씩씩한 모습에 이렇게 감동을 받은 적이 없습니다. 자네의 모습을 본 후로 무대 위의 스타들은 모두 다 날아가 버렸습니다. 그 정도로 자네는 첨예한 강관과도 같은 아름다움을 가졌습니다.

자네와 제대로 이야기를 나눠보고 싶어서, 남들에게 물어 자네의 이름을 알고 나서 복도에서 서둘러 이 편지를 썼습니다. 아무쪼록 제 기분을 헤아려주십시오. 나는 코믹한 역할을 맡는 조연배우이지만 천성이 진지한 남자입니다. 첫 상연이 있는 내일 밤에는 여러모로 약속 같은 것도 있을 테니 두 번째 상연이 끝난 뒤에 극장 뒤편 두 번째 골목에 있는 '세레니테'라는 스탠드바에서 기다리고 있겠습니다.

꼭 와주십시오. 와주실 때까지는 분명 일도 손에 안 잡힐 것입니다.

저는 어이가 없어서 멍해졌습니다.

연극계 일을 하다 보면 동성애 이야기도 빈번히 듣곤 하지만, 제게 그런 일이 일어난 건 처음이고 심지어 상대가 유명하고 뚱뚱한 조연배우라면 너무 그로테스크합니다. 물론 저는 '세레니테' 같은 데는 가지도 않았지만(이것만큼은 믿어주시리라 생각합니다만) 하루가 지나고 이틀이 지나는 사이에 무언가 좀 아쉬운 듯한, 자신의 호기심을 배반한 듯한 기분이 들기 시작했습니다.

물론 그런 남자의 연애 상대가 되려는 마음 따위는 털끝만큼도 없고, 이제껏 스스로 동성을 좋아하게 된 적도 전혀 없습니다. 그런데도 이렇게 이상한 기분에 사로잡히는 건 왜일까요?

저는 자신의 기분을 분석해 보고 거기에 나르시시즘이 있다는 사실을 깨달았습니다. 이제껏 저는 남에게 '아름답다'는 말을 들은 적이 없고, 그다지 자신의 용모에 신경 쓰는 성격도 아닙니다. 그런데도 하필이면 그 뚱뚱한 조연배우에게서 그런 말을 듣고 보니 '그 녀석에 비하면 내가 정말 훨씬 아름다울지도 모르지'라는 비교 대조의 감정을 가지게 된 것입니다.

게다가 저에게 새로운 발견은, 동성의 이러한 칭찬으로 저의 남성적인 매력을 처음으로 확인한 느낌이 들었다는 것입니다.

여자아이에게서 "꽤 쓸만한데?"라는 말을 들으면 당연히 기쁘겠지만 남자는 경솔하게 자신의 남성적 매력을 믿을 수는 없습니다. 여자아이란 묘하게 남자의 남자답지 않은 매력에 끌리기 십상이기 때문입니다. 하지만 동성에게서 그런 말을 들으면 정말 제가 가진 남자로서의 매력이 빼어나다는 데 의심의 여지가 없습니다. 왜냐하면 상대도 남자인데 그 남자가 무릎을 꿇고 사랑을 털어놓는 것이니, 저의 남성적 매력이 수준 이상이라는 말일 테니까요.

하여간 이런 연유로 오카와 텐스케의 편지는 추잡스럽다거나 그로테스크하다는 식의 편견을 걷어내고 보면, 제 인생에 하나의 선물을 받았다는 느낌이 듭니다.

이에 대해 당신의 감상을 들려주십시오.

고리 마마코가 호노오 다케루에게 쓴 편지

재미있는 편지 고마워요. 당신의 감정 변화를 잘 알 수 있어서 제겐 남성에 대한 아주 좋은 공부가 되었습니다.

그게 무슨 이야기인가 하면, 여자가 자기 자신에게만 얽매여 남자를 칭찬한다는 최고의 기교를 잊거나 혹은 게을리하다가 순식간에 남자 동성애자에게 남자를 빼앗기는 건,

역시 남자 동성애자들이 남자들의 나약한 부분이나 급소를 잘 알고 있기 때문인 것 같다는 거예요.

그런 편지를 받으면 도량이 심하게 좁은 사람이 아니고서야 우선 당신과 같은 심정이 되는 게 자연스러운 기분이 듭니다. 게다가 당신의 편지는 또 한 가지, 여자에게 자신감을 갖게 해줍니다.

어떤 할머니나 머저리라도 오카와 덴스케에 비하면 더 낫겠지만, 사랑의 대상으로는 최악인 오카와 덴스케도 편지 하나로 청년의 마음을 그만큼 움직일 수 있다면, 여자라면 아무리 나이를 먹어도 같은 효과를 낼 수 있다는 자신감을 심어줍니다. 하지만 여자들은 대부분 나이를 먹고 매력이 없어지면 없어질수록, 상대에 대한 배려나 칭찬을 잊고 무턱대고 자기 선전만 하려다 실패합니다. 이미 빈껍데기가 된 자신을 말이죠.

자신에 대해 일절 언급하지 않고 당신의 매력만을 깔끔하게 열거한 오카와 덴스케의 러브레터에는 우리가 배울 점이 아주 많습니다. 그리고 한시도 잊지 말기로 해요. 모든 남자는 나르시시스트라는 점을.

사랑을 배반한
남자에게 보내는
협박장

고리 마마코가 야마 도비오에게 쓴 편지

어제 낡은 서랍을 정리하다가 벌써 5, 6년 전에 쓰고서 보내지 않았던 편지가 나왔습니다. 5, 6년 전이라 함은 남편과 사별한지 2년이 되던 때로 제가 가장 초조해하던 시기인데, 그 무렵 제가 사랑에 푹 빠져있었던 것을 기억하시겠지요.

당신은 상대가 별로이니 그만두라고 계속 말씀하셨지만요. 그때 상대는 대학을 갓 졸업한 스물네 살 샐러리맨이었고 저보다 열여섯 살이나 어린, 세간에서 말하는 제비였습니다. 겐짱, 겐짱 하고 불렀던 그 청년이 영어학원에 온 순간 제 마음이 포로 되어버린 경위는 당신도 잘 알고 계십니다. 그건 정말로, 제게 위험한 연애였습니다. 거기에 신물이 난 저는 그 이후로 단 한 번도 그렇게 위험하고 진지한 연애를 한 적이 없습니다. 게다가 연애라는 건 한 번 그렇게 강력한

백신을 맞아두면 그 후로 남은 평생은 큰 병에 걸리지 않을 수 있는 것 같습니다.

하지만 그 무렵의 저를 생각하면 귀엽다는 생각이 들어요. 전 정말 그 아이를 위해 애썼고, 그 애의 그 어떤 응석도 다 받아줬습니다. 물론 연상이라는 약점이 있어 그랬던 것도 있지만 그 아이가 더할 나위 없이 매력적이고 호소하는 듯한 눈에 입술 모양이 예쁜, 다시 말해 '벌레 하나 못 죽일' 타입으로 보였기 때문입니다.

그런데 그렇게 갑자기 태연히 결혼해버렸고, 심지어는 3년 전에 약혼을 한 상태였다는 얘기를 갑자기 꺼냈으니까요. 제가 격노한 것도 당연하고 당신도 저를 동정하셨지만, 솔직히 그때 저는 살인을 저지를지도 모르겠다는 마음이었습니다.

하지만 두 아이의 장래를 생각하면 그렇게 할 수도 없으니 그냥 꾹 참다가, 도저히 마음이 가라앉지를 않아 협박 편지를 썼습니다. 우표까지 붙이고 우편함에 넣기 직전에 마음이 바뀌어서 보내는 건 그만두었는데, 버리기에는 미련이 남아서 그대로 걸쇠가 있는 서랍 바닥에 집어넣어 버렸습니다.

이제는 상처도 다 아물었고 그 편지를 다시 읽어보면 이렇게까지 몸을 던지려 했던 자신의 정열이 그립다는 생각도 듭니다만, 솔직히 말해 아직 가슴에 복받치는 울분도 있습니다. 그래서 제3자에게 보여주고 웃음거리가 된다면 마음이 깔끔히 정리될 거라는 생각에 당신에게 보냅니다. 부디 웃으며 봐주세요.

겐짱. 이런 식으로 부르는 것도 이게 마지막이 되겠네요.

당신의 행동은 비열하고 누가 봐도 변명의 여지가 없습니다. 당신은 여자의 자존심을 이렇게 갈기갈기 찢어놓고, 그에 대한 어떤 응보도 없이 꿈꾸던 행복을 순조로이 맛볼 수 있다고 생각하세요? 인생은 그리 만만치가 않아요. 당신은 영어도 못하는 학생이고 그 점에 있어서는 내가 너무 안이하게 가르쳤다는 반성도 들지만, 인생에 대해서는 앞으로 뼈에 사무치도록 자세하고 친절하게 가르쳐드리죠.

당신에 대해 빠짐없이, 낱낱이 써서 약혼자에게 보내드릴게요. 어느 날 밤 당신이 제 가슴에 얼굴을 파묻고 울면서 '당신은 내 인생에 단 한 명뿐인 여자야'라고 뻔뻔스레 말했던 것까지 말이죠. 그때 테이프에 녹음해둘 걸 그랬어요. 어쨌든 수상한 가짜 편지로 보이면 안 되니까, 다른 사람은 모르는 당신의 신체 특징까지 세세히 써서 보내드릴게요. 그러는 편이 친절하겠지요.

저는 '보내드릴게요'라고 쓰긴 했지만 '보냈습니다'라고 쓰지는 않았습니다. 혹시나 해서.

이런 편지를 쓰는 이상, 이제 미련은 하나도 남아있지 않습니다. 남은 건 증오뿐. 그 증오도 사랑의 변형이라 한다면, 이 편지를 읽은 당신이 울먹이는 얼굴을 본다면 그 증오조차 날아가 버릴 것입니다. 안녕.

야마 도비오가 고리 마마코에게 쓴 편지

거 참, 놀랐습니다. 당신의 순정 그 끝, 악녀의 시작이 이 협박장에 모두 나와 있네요. 용케도 이렇게까지 프라이드를 버렸군요. 아무튼 이 편지는 결국 보내지 않았으니 프라이드를 다 버리지 못했다는 의미일 테지만요.

게다가 이 협박장은 중요한 부분에서 너무 지나친 데가 있습니다. 상대가 만만찮은 남자라면 바로 본심을 읽어낼 겁니다.

어디냐 하면 '보냈습니다'라는 말을 쓰지 않았다 운운하는 부분입니다. 이로써 상대는 '다시 한 번 어떻게든 만나고 싶다'는 마음을 간파하게 되고 매서움이 7할쯤은 줄어듭니다. 그리고 그 뒤의 문장 '이런 편지를 쓰는 이상'이라는 말은 정말 쓸데없는 사족입니다. 협박장은 사무적이고 차가우면서 간결할수록 매서워집니다.

무엇보다 감정으로 협박장을 쓴다는 건 프로가 하는 일

이 아닙니다. 비열함과 천박함, 차가운 피로 점철된, 인간에서 탈락한 인간이 하는 일이니 쓰는 사람의 피가 시끄러워서는 협박장 따위 쓸 수가 없습니다. 편지지를 빛에 비춰봤을 때 거기에 조금이라도 인간의 핏빛이 비쳐 보인다면, 그 협박장은 불합격입니다.

당신은 역시 좋은 사람이고, 악녀인 척해도 악행을 저지르기에는 무언가 부족해요. 이런 편지가 후세에 남는다면 당신의 명예보다도 당신의 글쓰기 재능에 흠이 가니 어서 찢어버리십시오.

그건 그렇고 옛 사랑이란 참 시시한 것이지요. 당신은 이제 그 남자를 만나도 왜 그렇게 열정을 불태웠는지 스스로도 알 수가 없을 것입니다. 지금쯤은 아마 아이를 무릎에 앉혀놓고서 매일 밤 멍청히 텔레비전을 보고 있을 그 남자에게.

마루 도라이치가 고리 마마코에게 쓴 편지

이건 협박장입니다. 그런 생각으로 읽어 주십시오.

요전에는 제가 성심성의를 다하여 컬러텔레비전의 색채에 대한 열정을 무지개처럼 발휘해가며 돈을 빌려달라고 진지하게 부탁드렸는데, 당신은 너무도 가혹한 답장을 보내셨습니다.

제가 우표수집가인 건 맞습니다만 15엔짜리 우표를 동봉해주시다니 이게 뭡니까. 그런 우표는 조금도 진귀하지 않잖아요. 아니면 어딘가 다르게 인쇄된 부분이 있어서 한 장에 15만 엔의 시장가치가 있는 우표를 주신 건가 하고(그렇다면 컬러텔레비전을 살 수 있으니까) 돋보기안경을 쓰고서 구석구석 살펴보았지만, 역시나 전혀 특별할 게 없는 15엔짜리 보통 우표였습니다. 정말이지 절 우습게 보시는 군요. 저는 화가 났습니다.

그러니 다음에 저를 만나신다면 반드시 긴자에 있는 그 비싼 찻집에서 그 300엔짜리 쇼트케이크를 두 개 사주십시오. 세 개는 다 못 먹으니 두 개만 사주셔도 되지만, 정말이지 그 맛을 잊을 수가 없습니다. 만약 사주지 않으신다면, 당신의 영어학원에서 영어를 잘 하게 된 사람이 아무도 없다는 소문을 도쿄 전역에 퍼뜨릴 겁니다.

출산 통지

고리 마마코가 마루 도라이치에게 쓴 편지

당신의 어리석음은 정말 흥미진진하네요. 남을 협박해서 쇼트케이크 두 개를 얻어먹겠다니, 그게 다 큰 남자가 할 짓인가요?

뭐 그건 그렇다 치고, 저는 당신의 악필과 구질구질한 문장에 놀랐습니다. 최근에 제가 받은 편지 중에서 심금을 울린 편지가 있으니 그걸 본보기로 보내드리지요. 물론 사적인 편지이니 이름 부분은 긁어내고 보냅니다만, 경사스러운 내용이라 남에게 보여줘도 별 상관없을 듯합니다.

참고로 이 사람은 원래 저의 영어학원 학생인데 어떤 무역회사 사원에게 시집을 갔습니다. 마음씨가 아주 고운, 매력적인 신부였지요.

선생님. 결혼한 지 딱 1년. 첫 아이가 태어났다는 소식을 전해드립니다. 『나는 고양이로소이다』* 는 아니지만 아직 이름은 없습니다. 첫이렛날** 밤에 확정될 텐데 지금 남편과 아버님이 열심히 의논하고 있습니다. 얘기하는 걸 잊었는데 아기는 '그'입니다.

사실 이 편지는 간호사들에게 들키지 않도록 몰래 숨어서 쓰고 있습니다. '그'를 수유 시간에만 만날 수 있어서 그 외의 시간은 여유를 즐기고 있는데, 그러다 그저 '그'를 만나고 싶다는 생각만 하고 있는 건 프라이드가 지나치게 없는 건가 싶어서, 우선 누구보다도 먼저 선생님께 이 사실을 알리고자 붓을 들었습니다. 일주일간은 눈이 피곤해진다는 이유로 여기에서는 독서, 집필을 엄중히 금지하고 있는데, 오늘은 아직 사흘째니까요.

선생님. 아이란 어쩜 이리도 불가사의한 존재일까요. 이 세상에 생명을 낳는 여자란 어쩜 이리도 불가사의한 존재일까요. 세상에서 가장 평범한 일이 가장 기적적이라는 걸, 아이를 낳고서 비로소 절실히 깨닫게 됩니다.

그리고 병원 사람이 제게 "남자아이입니다."라고 미소 지

* '나는 고양이다. 이름은 아직 없다.'라는 문장으로 시작하는 일본의 문호 나쓰메 소세키(1867~1916)의 소설 제목.
** 오시치야お七夜. 일본에서는 태어난 지 7일째 된 날 이름을 지어주는 관습이 있다.

으며 말한 순간 그때까지의 산고를 싹 잊어버린다니, 여자란 어쩜 이리도 경박할까요.

　낳은 아이와 처음으로 대면했을 때의 일은 잊을 수가 없습니다. 옛날 아기는 주먹을 꼭 쥐고 얼굴은 원숭이처럼 쭈글쭈글했다는데, 영양상태가 좋은 요즘 아기는 벌써부터 새로운 세계의 공기를 예쁘고 작은 손으로 몇 번이나 붙잡고는 놓고, 얼굴도 어엿한 인간 같아서 어쩐지 위엄 있게 으스대는 듯 보입니다. "뭐야, 엄마, 당황하지 마. 나한테 맡겨 줘. 난 이렇게 건강하게 잘 태어났으니까."라고 말하는 듯합니다.

　제가 절을 하며 감사 인사를 해야만 할 것 같은데, 으스대는 '그'가 수유할 때면 무아지경으로 제 가슴을 놓치지 않으려 덤벼드니 그게 참 귀엽고, 귀엽고, 귀엽고, 귀여워서(이걸 백 번 반복) 죽겠습니다. 아이에게 젖을 줄 때 암컷 포유동물의 만족감이라는 걸 영어로는 어떻게 표현할까요? 적어도 일본어에는 그런 말이 없는 것 같습니다.

　선생님. 환류식 분수라는 게 있지요. 뿜어져 나온 물이 떨어져서 다시 그 자리로 돌아가 뿜어져 나오는. 딱 그거예요. 이제껏 나 혼자만의 생명이라고 생각했었는데 그 생명이 내게서 젖을 통해 아이의 안으로 흘러 들어가고, 그런 다음 아이의 몸에서 눈에 보이지 않는 빛의 흐름이 되어 제 안으로 돌아옵니다. 그 빛의 흐름이 다시 제 안에서 젖이 되어 아이의 몸으로 흘러 들어갑니다. 생명이 순환하게 된 것입니다.

'그'는 정말 잘 잡니다. 그렇게 잘 수 있는 건 분명 이 세계가 안정된 곳이라는 걸 알고 안심했기 때문이겠지요. 그리고 '그' 덕분에 제게도 이 세계가 안정된 행복이 넘쳐흐르는 듯 느껴집니다.

말씀드리는 걸 잊었는데 '그'는 정말 핸섬합니다. 넋을 잃고 '그'를 바라볼 선생님의 얼굴이 벌써부터 눈앞에 그려집니다. '그'의 얼굴을 보러 꼭 와주세요.

그럼 이만, 그냥 제멋대로 제 기쁨만을 늘어놓았습니다. 양해바랍니다. 이만 줄입니다.

이런 걸 편지라고 하는 겁니다. 내용은 정말 제멋대로이지만 상대의 마음도 그 기쁨으로 감싸버리니 조금도 반감을 느낄 수 없습니다. 뭐, 반감을 느끼지 않게 한다는 점에서는 당신의 협박 편지도 대단하기는 했지만, 그래도 반감을 주지 않는 대신 경멸을 느끼게 한다면 소용없잖아요? 무엇보다 우선 글씨를 똑바로 쓰세요. 잘 못 써도 좋으니 분명하게, 진심을 담아 쓰라고요. 당신의 글씨는 흐늘흐늘해서 당신의 정신상태를 잘 보여줍니다. 알겠어요?

편지교실

마루 도라이치가 고리 마마코에게 쓴 편지

본보기 편지는 꼼꼼히 읽었습니다. 정말 부끄럽습니다. 저는 컬러텔레비전을 갖고 싶어서 매일 고민하는데, 이 여성은 아기를 낳은 것만으로도 만족하고 있어요. 정말 욕심이 없는 사람이군요. 하지만 물론 당신은 내용을 배우라고 하시는 게 아니라 문장과 글씨를 배우라고 하시는 거겠죠. 내용을 배우라고 한들 저는 아이를 낳을 수 없습니다. 젖도 안 나옵니다. 저는 매일 우유를 다섯 개 먹지만요.(그거랑은 상관이 없나?)

하지만 당신은 왠지 인생과 관련된 어려운 얘기를 쓰면 감동하는 듯합니다. 여자는 육체적인 것밖에 모르는 것 아닐까요? 컬러텔레비전을 갖고 싶다는 고급스럽고 관념적인 고민을 이해하지 못하는 것 아닐까요?

그러니까 시몬 드 보부아르* 여사님이 '여자는 정신을 더 똑바로 차리라'며 궁둥짝을 때리는 겁니다.(미안합니다. 궁둥짝 같은 말을 써서. 하지만 넓은 면적과 체적의, 풍만하면서도 두꺼운 지방 때문에 서늘한 여자의 엉덩이를 상상하면 저는 아무래도 궁둥짝이라는 말을 쓰고 싶어집니다.)

* 시몬 드 보부아르(1908~1986). 프랑스의 실존주의 철학자이자 사회운동가. 현대 페미니즘을 성립하는 데 큰 영향을 미쳤다.

본보기 글을 조금 흉내내볼까요?

아이에게 젖을 줄 때 암컷 포유동물의 만족감이라는 걸 영어로는 어떻게 표현할까요?

선생님. 그건 분명 제게 3만 엔을 주시거나 쇼트케이크 두 개를 사주시며 느끼실 선생님의 만족감과 비슷할 것입니다. 만약 그런 기분을 모르신다면 당신께는 포유동물의 자격이 없으며 파충류라고 말할 수밖에 없습니다. 하지만 저는 이제 선생님을 그만 조르겠습니다. 인생의 소망을 무엇 하나 이룰 수 없다는 데 절망해서 죽어버리는 편이 나을지도 모릅니다.

그리고 '인생에 절망해서 죽은 로맨틱한 청년'이라고, 제 죽음을 아름답게 쓴 주간지 기사를 천국에서 읽는 편이 훨씬 더 나을지도 모릅니다. 안녕히.

초대를
거절하는 편지

고리 마마코가 가라 미쓰코에게 쓴 편지

오늘 밤은 아무 일도 없고 조용한 초겨울 밤입니다. 저의 닥스훈트는 개라기보다는 물개에 가까운 그 기름지고 빼곡하게 난 검은 털을 빛내며 난롯불 옆에서 자고 있습니다.

두 아들 또한, 대학생인 아이는 여전히 어디론가(아마 하라주쿠 같은 데겠지요) 놀러 나가고 없고 고등학생인 아이는 여전히 공부방에서 공부벌레처럼 애쓰고 있고…… 그래서 저는 기분 좋은 고독을 즐기고 있어요.

이야기 상대가 필요 없는 건 아니지만 젊었을 때처럼 바로 전화를 걸어 불러내서 어디론가 함께 놀러 가자고 할 마음은 안 들고, 무엇보다 내 멋대로 남의 시간을 빼앗기도 꺼림칙해서, 당신을 부르는 대신 당신에게 이렇게 밑도 끝도 없는 편지를 쓸 마음이 들었어요. 게다가 얼굴을 보지 않는 상태라면 참견이나 설교, 듣기 싫을 잔소리도 태연히 할 수 있어요. 붓을 잘못 놀려도 부디 양해해주시길.

어쨌든 듣기 싫을 잔소리라 함은 이번에 받은 편지가 도무지 마음에 들지 않았기 때문입니다. 저는 당신에게 P극장의 개막 공연에 함께 가자며 티켓을 동봉했지요. 원래대로라면 보통은 전화로 당신이 갈 수 있는지를 물어보고 나서 티켓을 보내겠지만, 제게도 자부심이 좀 있어서…… 왜냐하면 P극장 개막 공연 티켓은 구하기 힘들기로 유명하니 티켓을 보내면 당신이 기뻐하며 한 치의 망설임도 없이 와주실 거라 생각했거든요. 물론 순수한 동기에서 당신을 놀라게 하고 기쁨을 주고자 하는 마음만으로 한 일인데, 좀 성급했던 것 같네요.

그런데 당신은 티켓에 정중한 편지를 덧붙여 서둘러 돌려보내주셨습니다. 그 자체는 훌륭하고 깍듯한 행동입니다. 당신이 정말로 그날 갈 수가 없어서 티켓을 날리지 않도록 서둘러 속달로 돌려보내주신 것은 상냥한 배려라고 생각합니다.

하지만 미쓰코 씨, 당신은 편지를 너무 길게 썼습니다. 그날이 당신 동창의 결혼 피로연이고 오래 전부터 꼭 참석해달라는 부탁을 받고 약속을 했다는 것. 그 친구는 학창시절부터 둘도 없는 친구이며 서로 결혼식에 초대하자는 굳은 약속을 했다는 것. 피로연은 O호텔에서 오후 5시부터 8시쯤까지 열리고 그 뒤로는 신혼여행을 가는데, 출발할 때 도쿄역으로 배웅을 가야 하니 9시쯤까지 볼일이 끝나지 않을 것 같다는 것. P극장의 개막 공연 시간을 찾아보니 4시에 시작되고 9시까지라 아무래도 그 시간과 겹쳐버린다는 것. 아쉬움을 이루 말할 수가 없지만 초대에 응할 수는 없다는 것. 자기가 꼭 가야만 하는 곳과 꼭 가고 싶은 곳이 이런 식으로 한날 한시에 겹치다니 이게 무슨 불운이냐는 것. 자신은 예전부터 P극장의 개막 공연을 보고 싶었고 거기에 나오는 배우들은 모두 좋아하는 사람들뿐인데, 갈 수 없다고 생각하니 오랜 친구가 원망스러워진다는 것. 이런 천재일우의 기회를 놓치기는 정말 분하지만, 그와 동시에 친구에게 결혼식은 평생에 한 번(아마도) 있는 경사니까 그 친구의 평생에 한 번 있는 일 쪽에 봉사해야만 한다는 것…… 등등등

　―모두 지당하신 말씀이며 물론 저는 당신의 거절 이유가 거짓말이라고는 요만큼도 의심하지 않습니다.

　그날이 길일이라는 건 나중에 알게 되었고, 당신의 진심은 의심할 여지가 없으며 만약 친한 친구의 결혼식을 제치기까지 하면서 저의 초대에 응하셨다면, 저는 오히려 그걸로 잔소리를 했을 것입니다.

　물론 당신은 올바른 일을 하셨고 저도 당신의 입장이라

면 분명 그렇게 했을 겁니다.

하지만…… 하지만 말입니다. 당신은 너무 많은 말을 썼습니다. 이건 미묘한 뉘앙스의 문제, 델리커시*의 문제입니다.

서양인들은 모두 사교에 익숙하니 사교는 겉보기가 가장 중요하다는 우선 원칙을 지킵니다. 초대를 거절하려면 '피치 못할 선약이 있어서'라는 이유만으로 충분하며, 그 내용을 설명할 필요는 없습니다. 아무리 한 달 전, 두 달 전의 초대라 해도 그런 이유면 상관없습니다.

보통은 두 달 전 선약 같은 게 있을 리 없다는 게 상식이어서 우선 원칙만 잘 지키면 상식 따위는 내버려도 상관없습니다. 또한 초대장이 한 달 이상 전에 오는 일은 특별한 경우를 제외하고 웬만해서는 없습니다.

도저히 가고 싶지 않은 곳으로부터 초대를 받으면 두 번이고 세 번이고 완전히 같은 이유로 거절하면 됩니다. 그러면 상대도 의중을 헤아리고 그 이후로는 초대하는 일이 결코 없을 겁니다. 그게 두 사람 모두에게 행복인 겁니다.

일본인끼리는 일이 이렇게 간단히 풀리지 않을 때도 있을 것입니다. 길에서 만나면 일일이 "오늘은 어디 가세요?"

* delicacy 사려깊음, 미묘함.

하고 서로 묻는 등, 일본인은 쓸데없이 참견하기를 좋아하기 때문입니다.

그러니 일본인끼리는 거절하는 데 그럴싸한 이유가 필요합니다.(제 얘기는 당신이 쓴 게 그럴싸한 이유라는 뜻이 아닙니다. 혹시나 해서.) 하지만 그것을 지나치게 자세히 설명하면 상대는 이상한 생각이 들기 시작합니다. 이렇게 장황한 변명을 늘어놓는 건, 어쩌면 내가 싫어서 오기 싫으니까 거절하는 게 아닐까? 하고.

초대를 거절당했다고 입장을 바꿔 생각해보세요. 거절당한 쪽은 올 수 있는지 없는지에 대한 대답만이 중요하고, 그것에 대해 더 이상 쓸데없는 감정의 부담을 지고 싶지 않습니다. 사람을 초대했는데 거절당하고, 심지어는 이래저래 감정에 부담까지 져서는 참을 수가 없습니다. 이렇게 어이없는 일은 없을 겁니다.

당신의 편지에서 특히 후반부는 정말 쓸데없습니다. 저로서는 모처럼 친한 친구의 결혼식인데 당신이 도저히 가고 싶지 않은(만약 사실이라면) 심정이 들게 했다면, 저는 그에 대한 책임을 느껴야만 하고 당신에게 그런 고민을 안겨준 자신의 경솔함을 부끄러워해야만 합니다. 또한 결혼식이 평생에 한 번 있는 경사라는 둥 어떻다는 둥 하는 이야기는, 제가 이제 와서 젊은 당신에게 배울 일이 아닙니다.

저는 어쩌면 앞으로 두 번째 경사를 치를지도 모르지만, 그런 인생의 무거운 일과 P극장 개막 공연이라는 화려하고 경박한 일은 균형이 맞지 않습니다. 덕분에 저는 당신을 좀 놀라게 하고 기쁨을 주려 했던 가볍고 들뜬 마음이 싹 가시고 '왜 미리 전화로 갈 수 있는지를 물어보고 나서 보내지 않았을까?' 하는 후회로 마음이 무거워졌습니다.

일이 이렇게 되고 보니 편지 마니아라는 게 참 좋은 점도 있지만 나쁜 점도 있네요.

청혼 편지

호노오 다케루가 가라 미쓰코에게 보낸 편지

저는 여러모로 생각한 끝에 결국 용기를 내었고, 이에 감히 당신께 청혼을 합니다.

이렇게 쓰면 진지하지 않아 보일지도 모르지만 저의 진심 어린 마음은 스스로에게 몇 백 번이나 확인한 결과이니 확실 그 자체입니다.

당신은 제게 팬레터 대필을 부탁하거나 야마 도비오 씨가 쓴 최악의 편지를 보여주는 등 여러모로 불쾌한 일이 있었지만, 그런 일로 화를 내거나 초조해하는 사이에 저는 마침내 제 마음 속에 당신에 대한 사랑이 존재한다는 걸 깨달았습니다. 이건 그다지 기쁜 깨달음은 아니었습니다. 첫째로 당신이 저를 어떻게 생각하는지 그때는 미처 몰랐고, 둘째로 당신의 사상이나 생활감정이 저와는 너무 동떨어져있다는 생각에 저도 가망이 없는 일에 다가가는 인간이 되고 싶지는 않았던 겁니다.

하지만 어젯밤 당신과 오랫동안 차분히 이야기를 나누며 초겨울의 찬바람이 휘몰아치는 신궁* 정원을 산책하다가 당신이 그 따뜻하고 귀여운 입술을 벌려주었을 때, 저는 저의 사랑을 더욱 더 진지한 것으로 만들고 싶다는 기분에 사로잡히고 말았습니다.

저는 순간적인 기분으로 "결혼해 줘."라는 식으로 경박하게 말하고 싶지는 않았습니다.(분명히 말해, 저는 이제껏 사귀어 본 여자가 몇 명 있었지만 결코 단 한 번도, 농담으로라도 "결혼해 줘."라고 말한 적이 없고, 또한 그런 말을 미끼로 여자를 유혹할 만큼 전락하지는 않았다고 생각했기에 노는 건 노는 것일 뿐이라며 딱 잘라왔습니다.)

하지만 어젯밤 그 말을 입 밖에 꺼내지 않은 건 제가 겁쟁이인 탓도 있을 겁니다. 거절당해도 본전이라는 식의 경박한 생각은 없었고, 사회를 조금은 알고 있으니 결혼이라는 것에 얼마나 강력한 사회적 자격이 필요한지도 잘 알기 때문입니다.

너무 딱딱한 말투일지도 모르지만 "저기, 결혼하자."라는

---

* 신궁神宮. 신사의 격이 높은 칭호. 여기에서는 작품의 배경이 된 도쿄의 메이지신궁 明治神宮을 말한다.

편지교실

표현을, 저는 도저히 남자답다고 생각할 수가 없습니다. 이렇게 무책임하고 어중간한 권유가 아니라 역시 고풍스럽게, 전통적으로 "결혼해 줘."라고 말하고 싶었던 것입니다.

남자가 "결혼해 줘."라고 말할 때는 그에게 그녀를 받아들일 만한 정신적, 물질적, 사회적 준비가 충분히 되어있는 게 이상적입니다. 저는 정신적 준비는 다 되어있다고 생각하지만, 나머지는 지금으로서는 몹시 형편없습니다.

그런 주제에 청혼을 하다니 뻔뻔하다고 말씀하시겠지만, 저는 앞으로 열심히 일해서 일본 최고의 연출가가 될 생각이고, 그런 다음에 신부를 찾으면 편하겠지요. 하지만 그때가 되면 제게 오려는 신부의 마음속에도 타산이 있을 테니, 아름다운 진주 같은 마음의 신부를 찾으려면 아직 유명해지기 전인 '지금'밖에 없다고 할 수 있습니다.

물론 엘리베이터 안내 아르바이트는 계속 해나갈 생각인데 아침 9시부터 5시 반까지 교대로, 단조롭기 짝이 없는 '인간 쓰레기통'을 올렸다 내렸다 하는 일은 쉽지 않습니다. 하지만 회사에서는 저의 성실함에 주목하여 내년부터 엘리베이터 안내 부주임을 시켜주겠다고 하는데 그렇게 되면 월급도 오릅니다.

밤에는 곧장 '자연좌自然座'로 가서 그곳이 공연 중일 때는 무대 뒤 잡일을 하고, 공연이 없을 때는 광고지를 붙이거나 티켓 판매를 돕고, 매일 연습에 나가면서 언젠가 무대 감독이 될 날을 위해 연극 일이라면 조명, 효과, 의상, 소도구 하나까지 모르는 게 없을 정도로 공부해왔습니다.

밤이 되어 집에 돌아오면 일본과 외국의 희곡을 공부하고 편지를 씁니다.

결혼하면 아내는 반드시 저의 연극 일을 이해해줘야 합니다. 연극 연출에 대한 언쟁이 뜨거워지다 보면 늦은 밤은 물론이고 아침이 될 때도 있는데, 그 논쟁 속에서 연극정신이 함양되어 갑니다. 저는 일본에서 진정으로 인민 대중을 위하는, 유쾌하고 아름다운 연극을 이룩해내고 싶습니다.

답장을 기다리고 있겠습니다.

가라 미쓰코가 호노오 다케루에게 쓴 편지

편지 고마워요. 기뻐서 편지에 키스를 얼마나 많이 했는지 몰라요.

늘 명문인 당신의 편지와 달리, 이번 편지는 상대의 기분 따위 전혀 개의치 않는 점이 아주 멋졌습니다. 감언으로 꾀어내려 하는 구석도 없고, 제게 청혼을 하면서도 결혼을 하게 되면 어떻게 해주겠다는 보증도 전혀 없고, 완벽히 제멋대로인 게 당신다워서 멋졌습니다.

게다가 이건 제가 난생 처음 받은 청혼 편지인걸요. 너무 기뻐서 제 안의 여자다움이 한 점으로 모여 맑고 투명해진 기분이었습니다.

하지만 당신이 아침부터 저녁까지 아르바이트를 하고 그런 다음 연극 일로 저녁부터 아침까지 일한다면, 잠은 언제 자는 거죠? 그리고 저는 습자지 한 장이 아닌데 당신의 24시간 중 어느 틈으로 들어가면 되는 걸까요? 경제적인 건 둘째 치고 당신에게는 결혼생활을 위한 시간이 아직 전혀 없네요.

저는 지금 YES나 NO 같은 말을 하기보다, 둘이서 이 문제에 대해 더 차분하고 진지하게 이야기를 나누는 게 무엇보다 중요하다고 생각합니다.

인생은 하나의 타성일지도 모릅니다. 당신은 이상에 불타며 살고 계시지만, 당신이 하루를 사용하는 방식에는 또 하나의 타성이 생겨있는지도 모릅니다. 이건 비난하려고 하는 말이 아니며 저 또한 마찬가지입니다.

그래도 어찌됐든 우리는 세상의 직장인들처럼 주어진 형태의 매일을 살 수는 없을 테니 둘이서 잘 생각하고 이야기를 나누는 중에 '결혼생활'이라는, 그 커다랗고 오래가는 듯한 걸 잘 놓아둘 곳을 발견할지도 모릅니다. 지금으로서는 어질러진 방 안에 그런 걸 둘 여유가 전혀 없어 보이지만요.

잘 의논해서 방을 청소하고 정리한다면, 어쩌면? ……그래요, 액자 뒤에서 엄청나게 큰 금액의 돈이 나올지도 모르고, 그게 아니더라도 둘만의 아담한 공간을 발견할지도 모릅니다.

제가 당신의 청혼에 곧바로 YES라고 답한다면, 제게는 인생을 진지하게 생각하지 않았다는 후회가 남을지도 모릅니다. 하지만 당신이 싫다면 즉시 NO라고 대답하는 데 무슨 거리낌이 있겠어요!

NO가 아니라는 건 이미 확실합니다. 하지만 아직 YES가 되기에는 거리가 있습니다. YES에 다다르기 위해 제겐 당신의 조력과 조언과 상냥함, 그리고 아주 많고도 많은 협력이 반드시 필요합니다.

당신이 완전히 외면하고 도와주지 않으신다면 NO 쪽으로 미끄러져 떨어져도 전 몰라요.

연적을
비방하는 편지

야마 도비오가 고리 마마코에게 쓴 편지

아주 짜증나게 됐습니다.

길에서 가라 미쓰코 양을 우연히 만났는데 정말 기쁘다는 듯 호노오 다케루 군에게서 청혼을 받은 이야기를 하지 않겠어요. 아무리 생각해도 결혼 조건이 갖추어지지 않은 것 같지만 그 사람이 좋으니 둘이서 천천히 조건을 채워나가자고 이야기 중이라는 식으로, 그 귀여운 아가씨가 뻔뻔스레 이야기하는 겁니다. 이미 한 번 육체적 교제를 그렇게 열렬히 청한 적이 있는 제게!

전 정말 언짢아요. 언짢아. 언짢습니다. 너무 화가 나서 집으로 돌아와 총애하는 고양이를 꼬집었는데, 화난 고양이가 저를 할퀴어서 손등에 상처가 났습니다. 나쁜 일이란 연이어 일어나는 법입니다.

하지만 저도 벌써 마흔다섯 살, 단순히 감정에 사로잡혀 분개하는 게 아닙니다. 저의 오랜 경험에서 말하건대 그 아이는 결코 그렇게 '숟가락 하나만 들고' 결혼할 수 있는 아이가 아닙니다.

그 얼굴을 보십시오. 작은 얼굴에 큰 눈, 귀엽게 생긴 코에, 어디를 찔러도 팔딱거리는 소리가 나는 듯한데 그 명랑함에는 인생에 대한 적극적인 의욕이 마치 소프트아이스크림처럼 과하게 담겨있어서, 이게 다 녹기 전에는 먹는 이에게도 왕성한 식욕이 필요합니다.

왕성한 식욕이란 생활력을 말하는 겁니다. 호노오 다케루처럼 생활력이 제로인 젊은이에게는 그렇게 맛있는 음식을 먹을 자격이 없습니다.

또한 미쓰코도 그 얼굴에서 보이는 건 '산다는 것'에 대한 탐욕스러운 욕구입니다. 그것도 스스로 노력해서 얻는 게 아니라, 남 덕분에 사치와 즐거움을 있는 대로 다 맛보고 싶다고 말하는 얼굴입니다. 그 얼굴이 남편의 월급에서 몰래 돈을 빼내어 비상금을 모으거나, 부업을 하거나, 장바구니를 들고서 생선가게 앞에서 생선 가격의 인상에 고개를 갸웃하는 모습을 상상하면, 어울리지 않는 연기를 하는 것 같고 그 연기는 한 달도 가지 못할 것입니다. 그 아이의 촐랑대는 기질이 결혼이라는 걸 경솔히 생각하게 만들었겠지요. 그 얼굴은 아무리 생각해도 중년 남성에게 응석을 부려서 밍크코트를 받아내고 싶어 하는 얼굴입니다. 제 말은 그 아이가 창부 스타일이라는 뜻이 결코 아닙니다. 인생의 쾌락(물질적 쾌락을 포함하여)에 대해 적극적인 타입이라는 말입니다. 그런 아이가 어떻게 그렇게 가난한 신극 서생과……

저는 전에 보낸 편지에서 그녀의 몸을 노골적으로 요구했지만 그 전술은 실패한 듯합니다. 이번엔 다른 전술을 쓸 겁니다. 양면작전을 써야겠어요. 하나는 가만히 딴 마음이 있는 듯한 표정으로 무슨 얘기든 들어주고, 친절하게 대해주면서 은근슬쩍 가지고 싶어 하는 걸 사주기도 하는 거죠. 또 하나는 호노오 다케루의 이미지를 서서히 무너뜨려주는 겁니다.

그것도 갑자기 그 청년을 비난하고 공격해서는 어른스럽지 못하고, 저 역시 질투하는 것처럼 보이면 손해입니다. 처음에는 극찬하는 척하면서 그 두 사람의 행복을 위해서 어떤 고민이든 다 들어주는 척을 합니다. 그리고 예전의 육체적 욕망을 후회하며, 오로지 '친절하고 세상 물정을 잘 아는 좋은 아저씨'의 입장에서 둘을 따뜻하게 지켜보는 태도를 취하며 그녀의 신용을 얻는 겁니다.

"자네들의 행복을 위해서라면 뭐든 해주겠다. 고민이 있으면 얼마든지 들어줄 것이며 힘이 되어 주겠다." 이런 말을 듣고 기뻐하지 않을 젊은 아가씨는 없을 것입니다. 그리고 적당한 시기를 봐서 정말 걱정스러운 얼굴로 "사실 다케루 군에 대해 이런 소문을 들었어. 너에겐 말하지 않으려 했지만, 만약 네가 딴 데서 소문을 듣고 그걸 말하지 않은 내 불친절을 힐난하면 안 될 것 같아서……"라는 느낌으로 슬쩍 흘려두는 거죠.

『오셀로』의 이아고가 의혹의 씨앗을 뿌리고 난 뒤 천천히 키우는 방식입니다. '이런 소문'을 얼마나 쉽게 꾸며낼 수 있는지, 아름다운 거짓말쟁이인 당신은 잘 아시겠지요.

—각설하고 이에 대해 당신께 친구로서 협력을 부탁하고 싶습니다만, 어떠십니까?

제 짐작에 가라 미쓰코 양의 부모님은 다케루 같은 놈과의 결혼을 반대할 게 분명해서, 혹시 미쓰코가 결혼에 대해 한마디 상의도 하지 않은 게 아닐까 싶습니다. 이런 정보를 잘 쥐고 있으면 저도 유리해집니다. 당신의 솜씨로 한번 은근슬쩍 알아봐주시지 않겠습니까?

물론 부모님께 '미쓰코가 다케루와 결혼하고 싶어 한다'는 이야기를 전할 필요까지는 없습니다. 그저 아는지 모르는지만 알아봐주셨으면 합니다.

당신도 은혜를 모르는 젊은이들 편을 들지 마시고, 저 같은 평생 친구의 편을 들어주시기를 바랍니다.

언제나 언제나 젊고, 언제나 언제나 아름다우며, 언제나 언제나 자비로우신 고리 마마코 님께.

고리 마마코가 야마 도비오에게 쓴 편지

당신의 울분은 잘 알겠고, 그걸 솔직히 털어놓고 의지해 주신 마음은 기쁘게 생각합니다. 당신은 대체로 좋은 사람이라고 생각합니다만 위선자인 척 하는 점이 너무 어려요. 사람은 보통 당신 나이 즈음부터 위선자가 되는 법을 배우기 마련이지만요.

스파이 이야기는 잘 알겠습니다. 바로 어떻게든 손을 써서 알아보도록 하겠습니다. 하지만 하나 말해 두는데, 인간이 한번 비겁한 일을 시작하면 일관되게 비겁해야만 해요. 당신처럼 좋은 사람은 나쁜 계략을 세우고서도, 도중에 갑자기 본색을 드러내어 어렴풋이 자비심을 보이지는 않을지 걱정입니다.

연적을 처치하고 싶다면 온갖 악랄한 수단을 써서 완전 범죄를 저지르세요. 상대를 얕보아서는 안 돼요. 상대는 애송이일지언정, 당신이 영원히 잃어버린 '젊음'을 가진 건 상대편이니까요.

그리고 연애에서 가장 강력한 최후의 무기는 '젊음'이라는 것이 예로부터의 원칙입니다.

어쩌면 연애라는 것은 '젊음'과 '어리석음'을 다 가진 나이대의 특권이며, '젊음'과 '어리석음'을 모두 잃어버리는 순간 연애의 자격을 잃는 건지도 모르겠어요. 전 그걸 온몸으로 깨달은 바입니다.

그건 그렇고 전 그 다케루라는 청년과 미쓰코라는 아가씨를 둘 다 아주 좋아합니다. 당신처럼 고양이에 미친 중년의 부자 디자이너보다 백배는 더 좋아합니다. 좋아하니까 약간 괴롭혀주고 싶은 마음도 들고, 당신의 계략에 가담할 마음도 드는 거죠.

하지만 저 또한 여자이고 언제 누가 좋아질지 모릅니다. 머지않아 제가 당신을 좋아하게 된다면…… 그때는 모처럼 세운 당신의 계획을 엉망으로 만들지도 몰라요.

편지교실

동반자살을
권하는 편지

마루 도라이치가 고리 마마코에게 쓴 편지

전에 저더러 글씨를 못 쓴다느니, 문장이 형편없다느니 하는 지독한 얘기를 하셔서 아니꼬웠거든요. 그래서 그 이후로 텔레비전을 보면서 편지 쓰는 연습만 했습니다. 어떻게 텔레비전을 보면서 글씨를 쓸 수 있지? 하고 이상하게 생각하는 사람에게는 현대인의 자격이 없습니다.

심지어 저는 한 시간짜리 방송을 보면서 반드시 버터땅콩을 한 봉지씩 먹으니까요. '보기·쓰기·먹기'를 동시에 하는 겁니다. 이로써 인생을 남들의 세 배나 살 수 있게 됩니다.

하지만 눈앞의 텔레비전에 색이 없는 상황이 컬러텔레비전 하나 사지 못하는 저의 한심스런 신세를 여실히 보여주니, 이미 남들보다 세 배의 인생을 살았으니 젊고 멋있을 때 남들에게 아쉬움을 남기고 죽으면 좋겠다는 허무한 기분이 들었고, 오늘 밤 갑자기 그런 생각이 떠올라 당신을 동반자살 상대로 고르게 되었습니다. 인정머리 없으면서 제게 늘 지독하고 차디찬 처사를 보여준 당신이 저와 함께 자살해주신다면 그런대로 속죄가 될 테고, 무엇보다 죽는다 해도 부족함이 없는 나이이실 테니까요.

어째서 동반자살 같은 걸 생각했는가 하면, 역시 혼자 죽기는 왠지 심심하기 때문입니다. 어릴 때 혼자 화장실에 가기가 무서워서 다른 사람에게 같이 가자고 하곤 했는데, 뭐 그와 비슷한 마음입니다. 특히 당신처럼 요염한 중년 마담과 동반자살을 하면, 젊은 제비가 되어 마치 여자의 닦달에 억지로 자살을 하게 된 것처럼 보여서 제 체면도 섭니다. 그런 생각을 하니 좋은 일은 서두르자는 마음이 들어서 이렇게 갑자기 편지가 쓰고 싶어진 겁니다.

당신 입장에서도 저처럼 젊은 남자가 '같이 자살하자'고 권하면 기분이 나쁘지는 않을 것입니다. 명예롭게 죽고 싶다면 지금이에요.

동반자살 이야기 같은 걸 이것저것 읽어보면 부모님이 결혼을 허락하지 않아서 라든가, 어이없는 이유가 너무 많습니다. 그런 이유로 죽는 건 좀 아니잖아요.

여자는 종종 남자를 연애 상대와 결혼 상대로 나누지만, 남자에게 여자는 연애 상대와 결혼 상대 말고도 동반자살 상대라는 세 종류가 있는 것 같습니다.

당신 같은 사람은 이상적인 동반자살 상대이고, 다시 말해 연애 상대로도, 결혼 상대로도 지나치게 할머니이니(당신은 벌써 마흔다섯 살이시지요? 제 나이의 배에 가깝군요.) 동반자살이 아닌 다른 데는 쓸모가 없습니다.

동반자살 상대에게는 그럭저럭 예쁘고 요염하고 무뚝뚝하고 박정하고 제 잇속만 차리면서 여성스럽다는 요소가 필요한데, 당신 정도 여마女魔(제가 만든 말로 '마녀'를 잘못 쓴 게 아닙니다)라면 함께 죽어도 딱히 불쌍하지 않으면서 세상에 폐가 되지도 않고, 부모님은 이미 돌아가셨든가 노망이 났을 테니 부모님이 슬퍼할 일도 없어서 안성맞춤입니다.

그건 그렇고 동반자살의 때와 장소, 방법 말입니다만 때는 다음 주 금요일 정도가 어떻겠습니까? 마침 다음주는 간만에 13일의 금요일이니 길일 아닙니까.

장소는 어디든 상관없지만 멀리 가면 교통비도 들고 호텔 로비면 공짜 약속장소로 할 수 있으니, 호텔 도쿄의 로비로 하면 어떨까요? 둘이서 종업원에게 물을 컵 하나 가득 받아서 하나, 둘, 셋 하고 300알 정도의 수면제를 동시에 삼키면 그걸로 단번에 끝입니다. 화려하면서도 싸게 먹히고, 신문에도 '호텔 로비에서 미남, 미녀 수면제로 동반자살' 이런 큰 표제로 나올 것이며 단숨에 유명해질 수 있습니다. 멋지지 않습니까?

하지만 끝내 일을 치르기 전에는 기념으로 이것저것 사주십시오. 우선 세시쯤 만나서 세상과의 작별 선물로 요전의 그 쇼트케이크를 두 개 사주시고, 그러고 나서 일류 초밥집에서 비싸고 먹어본 적 없는 새우 같은 걸 듬뿍 사주시고, 호텔에 도착하면 그 호텔에는 마침 컬러텔레비전이 로비에 떡 하니 있으니 둘이서 컬러 방송을 감상하고, 가야마 유조의 '야아 행복하다.'* 같은 노래를 들으면서 약을 꿀꺽 삼켜버리면 그걸로 끝.

어떠십니까. 좋은 아이디어지요? 바로 답장 주십시오. 학수고대하고 있겠습니다.

고리 마마코가 마루 도라이치에게 쓴 편지

오늘은 이유가 좀 있어서 기분이 좋아요. 그래서 평소보다 훨씬 더 관대한 기분으로 있을 때 당신의 편지를 받아서 다행이었습니다. 당신의 편지를 화를 내기는커녕 크게 웃고 즐기며 읽을 수 있었던 건 그 때문입니다.

당신 같은 얼간이는 바보스러움이 이제 여기쯤에서 끝인

---

* 당시의 인기가수 가야마 유조加山雄三(1937~)의 1965년 노래 〈당신과 언제까지나〉에 나오는 내레이션 부분

가 싶으면 그보다 더 심한 꼴을 보여주니 놀라지 않을 수가 없습니다. 정말 굉장해요, 당신이란!

당신의 편지가 저지른 수많은 에티켓 위반 또한 '이거 도발인가' 싶은 마음이 든다면 화가 났겠지만, 당신의 천진난만함과 무의식의 발로라 생각하면 용서할 수 있습니다.

하지만 동반자살만큼은 참아주세요. 아무리 제가 마흔다섯의 여마女魔에다 제 잇속만 차리는 사람이라 해도, 동반자살에는 센티멘탈리즘이라는 게 필요합니다.

인간은 아무리 나이를 먹어도 가슴속에 감상感傷을 묻어두는 법이지만, 감상이란 청바지 같은 것이라 10대 어린애들에게나 어울리니, 나이를 먹으면 입을 용기가 나지 않을 뿐입니다.

저 또한 '동반자살하고 싶다'는 마음이 전혀 없다고는 할 수 없습니다. 당신과 하기는 절대 싫지만, 연상의 남자든 연하의 남자든 진짜로 서로 좋아하다가 보면 가정이고 아이고 다 내팽개치고 동반자살을 하고 싶어질지도 모릅니다. 역시 인생의 다양한 맛을 경험한 끝에 '아직 내일이 남아있다'는 생각을 하면 흥미가 싹 사라지지만, 만약 내일이 없는 곳에서 서로 사랑한다면 멋질 것 같습니다.

물론 암 같은 병에 걸리거나 하면 아무리 내일이 없다 해도 성性이니 사랑이니 하는 문제가 중요치 않을 테니 그건 다른 문제라 쳐도, 건강한 몸, 서로 충분히 사랑할 수 있을 만큼 건강한 몸을 가진 상태에서 한껏 불건전하고, 한껏 달콤한 생각에 몸을 푹 담가보고 싶습니다. 그런 건 동반자살 말고는 없을지도 모르죠.

진짜로 죽지 않아도 서로 사랑하는 연인끼리는 매일 밤 동반자살을 하고 있다고 생각합니다. 저도 그런 '매일 밤 동반자살' 같은 건 오래도록 느껴보질 못했으니, 그런 상대를 만나면 '매일 밤 동반자살'의 자연스런 연장선상에서 진짜로 동반자살할지도 몰라요. 하지만 결코, 결단코, 그 상대가 당신은 아니고요.

무엇보다 동반자살과 식욕을 결부시키다니 불결해요.

마루 도라이치가 고리 마마코에게 쓴 편지

동반자살과 식욕을 결부시킨다며 저를 꾸짖으셨으니, 동반자살은 그만두고 식욕에만 집중하기로 했습니다. 내일 밤 6시, 긴자4초메 미쓰코시 앞에서 기다리고 있겠습니다. 저녁밥을 사주러 와주십시오. 부탁드립니다.

여행지에서 쓴 편지

옛날, 야마 도비오가 여행지에서
고리 마마코에게 보낸 편지

지금 파리에 있습니다. 샤이요 궁전 근처의 예나호텔이라는 낡고 조용한 호텔인데, 창문에 비치는 겨울 가로수 사이로 낮게 깔린 음울한 쥐색 하늘을 바라보다가 당신의 얼굴이 떠올라 이 편지를 씁니다.

그렇다고 해서 딱히 당신의 얼굴이 음울하다는 건 아니고, 오히려 음울함과는 정반대인 그 눈부신 얼굴을 눈에 떠올리며 파리의 어두운 겨울을 날려버리려 하는 참입니다.

이미 일류 디자이너 두세 명을 만나고 사교계 대상의 패션쇼도 몇 번 보러 갔지만, 어쨌든 아무리 껴입어도 바깥을 걸으면 50미터도 참지 못할 만큼 지독하게 추우니, 아무렇지도 않게 거리를 돌아다니는 이곳 작자들은 정말이지 에스

키모나 다름없는 것 같습니다.

이곳 중년 부인들과 당신을 비교 대조해 보면

	〈당신〉	〈파리의 여자들〉
1. 미인인 정도	9	8
2. 관록	9	10
3. 요염함	0	10
4. 친절함	10	0
5. 시크함	9	9
6. 미친 정도	9	9
7. 순정	10	0
	합계 56	합계 46

이렇게 당신이 10점을 더 앞서지만, 미인인 정도에서 9점은 여행지에서의 향수병으로 점수가 다소 후해졌다는 점을 알아두시기 바랍니다.

모가도르 극장에서 〈메리 위도우〉(라 부브 조와이유La veuve joyeuse)*를 보고, 또다시 당신을 떠올리며 함께 보고 싶다는 생각이 절실히 들었습니다.

---

* 〈메리 위도우Merry Widow〉, 프란츠 레하르(1870~1948)의 오페레타로 1905년 빈에서 초연된 이래로 큰 인기를 끌어 유럽과 미국에서 여러 차례 상연되면서 영화로도 만들어졌다. '라 부브 조와이유'는 '메리 위도우'를 불어로 표기한 것

옛날, 고리 마마코가 여행지에서 야마 도비오에게 보낸 편지

지금 시가다카하라호텔에 스키를 타러 와 있습니다. 아들 꽁무니를 쫓아와서는, 꽁무니를 쫓아가기는커녕 엉덩방아만 찧고 있는 이 참상을 헤아려주십시오.

로비의 모닥불 플레이스에 자작나무 장작이 타오르고 있는 게 느낌이 좋은데, 나무껍질이 희니까 불꽃이 한결 청결하고 밝아 보입니다.

여기에서 젊은이들과 장단을 맞추고 있으려니 이게 뭐하는 짓인가 싶어서, 당신과 함께 있다면 얼마나 좋을까 하는 생각을 하지 않을 수가 없습니다. 여행지에 있으니 이렇게 나약한 소리도 할 수 있는 거겠죠.

젊은이들의 대화란 이런 식입니다.

"지금 몇 시야?"

"열 시쯤……, 열 시 5분 지났네. 딱 좋다. 5분 지났다는 게."

"뭔가 좋은 일 없을까?"

"정말 짜증나네."

"안 졸려?"

"하나도 안 졸린걸."

"그럼 뭔가 하면서 놀자."

"그럴까."

"하긴 그래."

"아아아아, 뭔가 쌈박한 일 없을까?"

"지금 몇 시야?"

"열 시 반쯤이려나……. 어, 열 시 반이네."

"그래, 그렇단 말이지."

그러면서 다들 와 하고 웃는데, 뭐가 재미있는지 저는 전혀 알 수가 없습니다.

당신의 말에는 가시가 있어서 때때로 화가 나지만, 지금으로서는 그 가시가 그립습니다.

대개 젊은 녀석들은 그렇게 멋만 부리면서 에스프리(기지機智)가 하나도 없는 대화를 끝도 없이 계속하니, 마치 상자 속 마시멜로가 서로 부딪히고 있는 듯합니다. 인생이 뭐가 그렇게 즐거울까요? 내 아들이면서도 한심하다는 생각이 듭니다.

하지만 어젯밤에는 당신이 없어도 쓸쓸하지 않은 일이 일어났습니다.

제가 로비에서 홀로 멍하니 있는데 점잖은 영국 신사가 제게 말을 걸어온 것입니다. 두어 마디로 곧 영국인이라는 걸 알았기에 저도 정통 영국식 영어로 대답을 했더니, 상대는 크게 놀라며 감격. 완전히 숙녀 취급을 하면서는 딱 달라

붙어 떨어지지를 않더니 오늘 아침에도 로비에서 제가 일어나 내려오기를 계속 기다리기까지.

이렇게 되면 저는 정말 귀찮아서 싫거든요. 하지만 그 사람의 은발은 멋있어요. 턱시도가 얼마나 잘 어울리던지요.

아, 영국에서는 디너 재킷이라고 하지 않으면 비웃음을 산다죠.

옛날, 호노오 다케루가 여행지에서 가라 미쓰코에게 보낸 편지

지금 오사카에 있습니다. 극단이 예이츠의 〈데어드라 공주〉라는 연극을 오사카에서 상연하게 되어 무대장치와 다른 잡다한 일을 도우려고 함께 왔습니다.

저는 어째서 이 극단이 예이츠의 낡아빠진 시극詩劇 같은 걸 상연해야 하는지 도무지 모르겠습니다. 〈데어드라 공주〉는 예이츠의 연극 중에서도 유달리 지루해서 마테를링크의 〈펠레아스와 멜리장드〉보다 더 나쁜, 서양 골동품 같은 곰팡이투성이 연극입니다. 인물의 성격이고 사회의 배경이고 시대의 영향이고 나발이고 없어요. 무엇보다 오늘날 연극 분야의 긴급한 문제가 무엇 하나 들어있지 않습니다.

여전히 팸플릿을 보면 N선생님이 '아일랜드 문예부흥의

정신' 같은 말을 쓰면서 기염을 토하고 있는데, 어떤 식으로 문제화한들 무대를 보면 문제가 하나도 없으니 소용이 없습니다. N선생님의 개인적인 취미와 노스탤지어의 단순한 은폐에 지나지 않는 것입니다.

저는 연극이 민중의 마음에 호소하고, 민중의 영혼에 불을 지피지 않는다면 의미가 없다고 생각합니다. 다실茶室에서 사쿠라 숯*이라도 슬금슬금 태우는 듯한 연극은 신극이라고 말할 수 없습니다.

저는 불을 원합니다. 폭풍을 원합니다. 극장 밖으로 나왔을 때, 현실을 변혁할 용기로 가슴이 요동치는 연극을 원합니다. 예전에 실러의 연극은 민중에게 그런 힘을 주었습니다. 그렇다고 해서 지금 일본에서 실러의 연극을 상연해야 한다고 말할 정도로 제가 단순하지는 않지만요.

이렇게 매일 무대장치의 먼지를 뒤집어쓰고, 한 손에 망치를 들고 어둠 속을 뛰어다니다 보면, 당신을 잊고 지낼 수 있습니다.

도쿄에서 지내는 동안은 당신의 언동이 너무 신경 쓰여서 초조했습니다. 정말이지 당신처럼 남에 대한 배려를 모르는 무신경한 여성은 드물 것입니다. 아니, 언동뿐만이 아니죠.

---

* 치바千葉 현의 사쿠라佐倉 지방의 상수리나무로 만드는 고급 숯

당신이 연락 없이 지내는데 심지어 같은 도쿄에 있으면, 그 침묵 자체가 유리 파편처럼 초조한 것들로 가득 차버립니다.

당신의 존재는 마치 이발소에 다녀온 후 자른 머리카락이 등에 붙어서 따끔거리는 것처럼 언제나 등을 따끔거리게 합니다. 그런데 이렇게 다른 지역에 있는 것만으로 왠지 나아진 기분이 듭니다.

오사카에서 무슨 좋은 일이 있는 것도 아니고 딱히 인기가 있는 것도 아닌데, 저는 어쩐지 평화롭고 행복합니다. 그럼, 안녕히.

연하장 속
불길한 편지

고리 마마코가 야마 도비오에게 보낸 연하장

새해 복 많이 받으십시오. 올해도 잘 부탁드립니다.

야마 도비오가 고리 마마코에게 보낸 연하장

공하신년恭賀新年[*].

가라 미쓰코가 호노오 다케루에게 보낸 연하장

새해 복 많이 받으십시오.

* '삼가 새해를 축하한다'는 뜻의 새해 인사말

호노오 다케루가 가라 미쓰코에게 보낸 연하장

하정賀正[*].

마루 도라이치가 고리 마마코에게 보낸 연하장

근하신년謹賀新年. 작년에는 여러모로 신세 많이 졌습니다. 올해도 아무쪼록 많은 지도와 배려를 부탁드립니다.

가라 미쓰코가 고리 마마코에게 보낸 편지

새해가 되자마자 이상한 편지를 드리게 된 점 아무쪼록 용서바랍니다.

연하장과 함께 발신인의 이름이 없는 이런 편지가 왔는데, 너무 기분이 나쁘니 읽어보시고 어떻게 하면 좋을지 가르쳐주셨으면 합니다.

미쓰코 님.

해피 뉴 이어라고 할까요, 아니면 언해피 뉴 이어라고 할까

---

[*] '새해를 축하한다'는 뜻의 새해 인사말

요. 당신의 자유와 해방을 위한다면 해피이고, 당신이 당장 사로잡혀 있을 감정을 생각하면 그야말로 언해피일 것입니다.

새해가 되자마자 이런 말씀을 드리는 게 어떨까 싶습니다만, 새해의 시작에 마음도 새로이 결의를 다잡으시는 것이 앞으로 당신의 인생에 무엇보다 중요하리라는 생각에 드리는 말씀입니다.

실은 당신의 애인 호노오 다케루 씨에 대해 바람직하지 않은 소문을 여럿 들었는데, 저는 보잘 것 없는 한 주부입니다만 순진한 동성을 어떻게든 늑대의 발톱으로부터 지켜내고 싶다는 일념으로 감히 말씀드립니다.

호노오 다케루는 양의 탈을 쓴 늑대, 설탕을 입힌 독약, 비단을 몸에 두른 나병 환자, 이 세상 악의 근원, 다나카 쇼지*보다도 더 나쁜 놈입니다. 얼굴은 그렇게 순수하게 생겼고 진지하게 연극론 같은 것을 늘어놓으니 누구든 쉽게 속아버리지만, 사실은 말도 안 되게 엄청난 악당입니다.

3년이나 저의 보살핌을 받고 제멋대로 살다가 이제 와서 당신과 결혼을 약속했다고 뻔뻔하게 말하러 왔을 때는, 화가 나기보다도 그 천박한 마음보에 불쌍하다는 생각이 들었습니다.

* 다나카 쇼지田中彰治(1903~1975), 당시 일본의 정경유착을 상징하는 '검은 안개 사건'으로 실각한 정치인

따지고 보면, 저는 무대의상의 하청 등을 부업으로 하면서 S의상 주식회사 같은 곳에 납품을 하는데, 숙환으로 누워있는 남편을 부양하고 아이들의 학비를 간신히 벌면서 근근히 생계를 꾸리던 중, 무슨 마가 껴는지 무대의상을 가지러 온 호노오 다케루와 대화를 하게 되었고 아주 깊은 관계가 되어버렸습니다. 그 후로 용돈을 달라는 대로 주면서 빈궁한 수입에도 넥타이 하나라도 사주는 게 낙이었고, 만약 남편의 병이 낫지 않는다면 나이 차이는 많이 나지만 재혼 상대로 다케루는 어떨까 하는 꿈을 꾸기도 했습니다.

당신은 비웃으시겠지만, 젊고 아름다우며 고생을 모르는 당신도 여심의 슬픔을 알 수 있으리라 믿고 부끄러운 고백을 하는 겁니다.

부디, 제발, 저의 다케루를 저에게 돌려주세요. 이렇게 부탁드립니다. 당신처럼 젊고 아름다운 분에게는 앞으로 얼마든지 애인이 생기겠지만, 제게는 이게 마지막 사랑입니다.

당신이 다케루의 마성을 꿰뚫어보고 그 녀석을 매정하게 대해주신다면, 타산적인 다케루는 금세 제 곁으로 돌아올 것입니다. 제 부탁은 그저 그뿐입니다.

─글씨는 아주 잘 썼고 흘려 쓴 걸로 봐서는 젊은 사람 같지는 않습니다. 짐작이 안 가는 게 당연할지도 모르지만,

저는 도저히 짐작이 가는 사람이 없습니다.

아무리 다케루 씨가 교묘하게 저를 속였다 한들 제게도 두 눈이 제대로 달려있고 보이는 건 보이거든요. 이렇게 심한 일이 있을 수가 없어요.

게다가 설날부터 이렇게 불쾌한 편지를 읽게 되다니, 몸속에 곰팡이가 핀 것 같아 우울합니다.

고리 마마코가 야마 도비오에게 쓴 편지

사실 새해가 되자마자 가라 미쓰코로부터 골치 아픈 편지를 받았는데, 그 편지에 따르면 그 아이가 다케루와 사귀는 연상의 여자로부터 협박을 받은 모양입니다만, 그런 일이 있을 수 있을까요? 아니, 저는 직감적으로 이 악질적인 장난을 친 장본인이 당신이 아닐까 하는 생각이 들었습니다. 아무리 그래도 그렇지, 이건 너무 촌스러운 방식이잖아요.

더 정정당당하게 싸울 순 없어요? 이렇게 낡아빠진 데다가 망측하고 음험한 가짜 편지 수법을 쓰다니, 당신의 무신경함과 비열함에 구역질이 날 것 같습니다. 이제 연을 끊도록 해요.

야마 도비오가 고리 마마코에게 보낸 편지

아무리 그래도 그렇지 의심이 지나치시군요. 제가 젊은 두 사람의 결혼을 방해하겠다는 이야기를 한 건 맞습니다만, 일이 바빠서 그런 생각을 할 겨를도 없이 지내다 보니 그렇게 하려 했던 기분도 누그러져서, 저 스스로도 좋은 상태라 생각하던 참입니다. 그런 가짜 편지 따위, 저처럼 교양 있고 세련된 중년 신사가 생각해낼 리가 없습니다. 사람 좀 제대로 보셨으면 합니다.

연초부터 노망의 징조를 보여서는 당신의 미모도 곧 수준이 떨어지겠군요. 정말이지 간담이 서늘해집니다. 값비싼 말린 청어알이라도 듬뿍 드시고 정신 좀 차리십시오.

마루 도라이치가 가라 미쓰코에게 쓴 편지

친애하는 사촌동생이여.

고리 마마코 여사님의 눈썰미에 놀랐네. 요전에 텔레비전 드라마를 보고 아이디어가 떠올라서, 세뱃돈 대신 너를 좀 '슬픈 여주인공'으로 만들어주고 싶다는 생각에 아무런 악의 없이 명문으로 편지를 쓴 다음 담배 가게 아줌마한테 베껴 써달라고 해서 너한테 보낸 편지였는데, 내가 보냈다는 걸 어떻게 알았을까? 별안간 들켜서 깜짝 놀랐어. 쇼트케이크를 얻어먹으며 천천히 추궁당하다 실토해버렸어.

담배 가게 아줌마에게는 텔레비전 각본 모집에 쓸 거라는 거짓말을 하고서 써달라고 한 거야. '슬픈 여주인공'역, 다시 말해 네 배역은 미소라 히바리*가 하기로 정해졌다고 하니까 아줌마가 감격했던가? 미안해.

고리 마마코가 야마 도비오에게 쓴 편지

사람은 쓰기 나름입니다. 마루 도라이치 군을 설득해서 우선 미쓰코를 안심시킬 거짓 고백 편지를 쓰게 했는데, 아직도 발신인이 누군지는 모릅니다. 그래도 저는 그 편지가 엉터리임을 진심으로 믿습니다. 분명 누군가 범인이 있을 것입니다. 그래도 그 편지에 쓰인 불쾌한 문장의 묘한 리얼리티는 약간 신경 쓰이네요.

---

* 미소라 히바리美空ひばり(1937~1989), 1950~60년대를 대표하는 일본의 가수이자 배우

영문 편지를
쓰는 요령

고리 마마코가 가라 미쓰코에게 쓴 편지

친척 분이 미국에서 어떤 미국인 가정에 신세를 지고 그 곳에 답례품을 보내면서 편지를 주고받기 시작했는데, 영문 편지를 쓰느라 많이 고생하고 있다고요?

그럼 여기에서 한번 과외 수업으로 통신교육을 재개하겠습니다. 하지만 여기에 쓰는 건 권위 있는 '고리 마마코 영어교실'에서는 가르치지 않는 것들뿐입니다. 영어를 잘하지 못하는 사람에게 빠져나갈 길을 가르쳐 주는 겁니다.

물론 영어 편지에도 옛 문어체 형식과 비슷한 성가신 방식이 있습니다. 예를 들어 회의에 초빙한다고 해도

It gives me great pleasure to extend to you a most cordial invitation to attend the Congress……

같은 말은 '감히 회의에 초대하고자 삼가 말씀 아뢰려 이 편

지를 올립니다.' 같은 느낌이고, 보통 편지라면 이렇게 돌려 말할 필요는 없습니다. 당신은 그냥 사적인 편지를 쓰는 거고 가족 간의 관계니까요.

(1) 되도록 편지를 I로 시작하지 않게 쓰십시오.

I로 시작하면 강압적으로 들리고 자기중심적인 인간으로 보입니다.

'나는 당신의 편지를 정말 즐겁게 읽었다.'라고 쓰는 것보다는 '당신의 편지는 나를 무척 즐겁게 했다.'라고 쓰는 편이 일본어에서도 상대를 추켜세우는 말투가 되겠지요. 영어도 마찬가지입니다.

(2) 작은 것이라도 감사하고 기뻐하십시오.

이것도 일본어 편지와 마찬가지인데, 어떤 엉터리 표현이라도 감사와 기쁨은 상대에게 전달되는 법입니다. 특히 서양인은 감정을 과장해서 표현하니 most delightful이나 great pleasure 같은 말은 늘 써도 손해가 없는 말입니다.

(3) 일상의 소소한 유머를 섞어 넣으십시오.

예를 들어 '액세서리를 주셔서 기쁜 마음으로 하고 나갔더니 우리 강아지마저 부러운 듯 저를 올려다보았습니다. 그런데 우리 집 강아지는 동네 개들 중에서도 가장 멋쟁이라 안목을 신용할 수 있습니다.' 같은 느낌으로.

편지교실

My duckshund is wellknown as a dandy in neighbour-
hood, whose judge is just reliable.

(4) 문법과 구문보다도 형용사에 신경 쓰십시오.

복잡한 구문으로 딱딱한 편지를 쓰지 말고 어떤 말에든
형용사를 붙여봅시다. 형용사로 그 나라의 특색까지 알 수
있는 말이 영어입니다.

How marvellous!(놀랍군요!)라는 말을 조금도 놀랍지 않
은 얼굴로 더없이 냉정하게 "마아아아블러스"라고 길게 끌
면서 말하는 것만으로도 영국인임을 알 수 있습니다.

일본인은 영국 국민이 아니니 비상식적인 형용사를 붙
여도 시적으로 보입니다. 보통 미국에서는 '변덕스런'이
라는 형용사가 temperamental인데 한 번은 제가 그것을
capricious라고 말하자 주위 미국인이 놀라서 "그런 말은 평
소에 들어본 적이 없어. 정말 우아하고 고풍스럽고 18세기
느낌이라 멋지네"라고 말했는데, 물론 그건 반 놀림조의 인
사치레지만 그들이 그것을 신선하고 시적인 표현으로 받아
들인 것은 분명했습니다.

그러니 예를 들어 어떤 아저씨 이야기를 하면서 "그 사람
은 아주 카프리셔스해"라고 쓰면 그것만으로도 편지가 재미
있어집니다.

(5) 문법과 철자를 가끔 조금씩 틀리십시오.

외국인이나 어린이의 편지에는 이게 없으면 풍취가 없습니다. people tell<u>s</u> me 정도의 실수는 애교이며 이걸 발견하면 편지를 받는 사람은 우월감과 함께 행복해집니다.

외국 사람들이 가장 싫어하는 건 문법적으로 정확하고 무미건조한 편지라고 생각해도 좋습니다. 귀여운 게 제일입니다. 외국인이란 어딘가 귀여워야만 합니다.

우리 눈으로 봐도 유카타를 엉망으로 입고서 다다미에 앉자마자 곧바로 발이 저린다고 하는 수준의 외국인이 귀여우니, 그들 눈으로 봐도 마찬가지인 것입니다.

(6) 영어 편지라는 것을 잊고 쓰십시오.

이렇게 말하면 영어를 아주 잘해야겠네…… 하고 생각하겠지만, 평소에 하는 생각을 그대로(물론 예의는 지키면서) 모조리 영어로 나열해 보고, 그것을 베껴 쓸 때 정리하면 됩니다. 하지만 영어 회화 입문에 있는 멋진 숙어와 관용구는 절대로 쓰지 않는 것이 중요합니다.

일본어를 할 수 있는 외국인도 '그때', '바로'라고 하면 될 말을 '득달같이'라고 말하면 잘난 척 하는 것처럼 보이고 불쾌하게 들립니다. 일본인이라면 아무렇지 않은 말이, 외국인의 입에서 나오면 말도 못하게 아니꼽게 들리거든요. 영어에서도 마찬가지.

관용구를 쓰면 더 잘하는 것처럼 보이리라는 생각은 매우 잘못된 것이며 역겨워 보일 때가 더 많습니다.

　—이상이 대강의 요령이라 생각하면 됩니다.

　답장은 되도록 곧장 보내도록 합시다. 저는 전 세계에서 일본인만큼 편지 쓰기를 귀찮아하는 국민은 없지 않을까 생각합니다. 미국에서도 "일본인에게 아무리 편지를 써도 답장을 주지 않는다. 화를 내는 건 아니지만." 이런 불평을 여러 차례 들었습니다.

　일본인은 매사를 너무 진지하게 생각하고 심지어 남의 이목을 신경쓰니 '훌륭한 영문 답장을 써야지'라든가 '어떻게든 창피를 당하지 않는 방법은 없을까?' 같은 생각을 너무 융통성 없이 하다가 끝내 답장을 쓸 찬스를 놓쳐버리고, 답장을 미루면 미룰수록 문턱이 높아져서 끝내는 관계를 포기해버리는 경우가 많습니다. 귀찮으면 두어 줄이면 됩니다.

　지금 부엌에서 감자가 다 쪄지기를 기다리는 사이에 서둘러 이 편지를 쓰고 있습니다. 당신의 편지가 좋아서 몇 번이고 다시 읽었습니다. 저는 부엌의 죄수입니다. 거기서 당신의 편지를 다시 읽을 때마다 소스 냄새가 배어들어 반찬이 더욱 맛있어졌습니다. 아, 감자 다 됐다. 미안합니다. 저는 가스레인지로 달려가야겠습니다.

이 말을 당신 나름의 영어로 한번 써보세요.

이걸 잘 쓸 수 있다면, 실로 매력적인 편지가 될 것임을 보증합니다.

—그럼, 다음에 또 연락해요.

그건 그렇고 다케루 군은 그냥 믿으세요. 믿고 사랑하세요. 그것 말고는 방법이 없어요. 의심하기 시작하면 여자의 얼굴은 바로 추해져서 상대가 싫어하게 됩니다. 알겠죠?

진상을 밝히는
탐정의 편지

호노오 다케루가 가라 미쓰코에게 쓴 편지

그 불쾌한 협박 편지, 저는 정말 화가 나서 여러모로 조사한 끝에, 결국 범인이 누구인지 알아냈습니다.

마루 도라이치 군은 가엾게도 진짜 범인이 아닙니다. 그는 만들어진 범인에 불과합니다. 알게 된 범인을 바로 말해 버리면 재미가 없을 테니, 제가 조사 끝에 어떻게 범인을 잡았는지를 우선 써보지요.

마루 도라이치 군의 가짜 고백에 따르면 그건 담배 가게 아주머니를 속여서 쓰게 한 거라는데, 저도 그 필적이 여자가 쓴 건 확실하다고 생각했습니다. 그런데 마루 도라이치 군은 당신의 사촌오빠라지만, 그처럼 무사태평한 베짱이 같은 사람이 이렇게 음험한 책모를 꾸밀 리가 없습니다.

당신은 그 이래로 도라이치 군과 절교했다고 하는데, 그건 너무 성급했던 것 같습니다. 사실 진위도 확인하지 않고 한때 제게도 이상한 태도를 보였던 것도 아쉬웠습니다. 더 믿어줬으면 했는데요.

그건 그렇고 도라이치 군의 가짜 고백 편지를 보면서 그걸로 안심한 표정을 지으며 당신을 속인 일을 이제 사과해야만 하겠군요. 제겐 당신의 의혹을 완전히 떨쳐내는 일이 더 시급한 문제였기 때문입니다.

"정말 도라짱* 너무해. 난 그 사람을 평생 용서하지 않을 거야. 이제 평생 가족 취급도 안 할 거고. 죽었다고 해도 장례식에도 안 갈 거야."

당신은 이렇게 몹시 화를 내며 도라이치 군과 절교해버렸습니다. 저는 어쩐지 그것만으로는 가슴속 응어리가 어딘가 풀리지 않아서, 일주일쯤 생각한 끝에 갑자기 도라이치 군의 집에 찾아가 봐야겠다는 생각이 들었습니다.

실례지만 당신의 사촌오빠는 아주 형편없는 아파트에 살고 있어요. 처마는 기울어져있고 입구의 전등은 고장 나있고, 신발장은 말도 못하게 더럽고, 심지어 현관 앞까지 화장실 냄새가 물씬 풍깁니다.

저는 신발을 신발장에 넣고서, 슬리퍼도 없었기에 삐걱삐

* 마루 도라이치의 애칭

걱 소리를 내며 복도를 지나 그의 방문을 두드렸습니다. 그
때 방안에서는 왠지 새된 목소리의 노래와 반주 소리가 흘
러나오고 있었는데, 그건 말할 것도 없이 당연히 텔레비전
소리입니다.

아무리 두드려도 반응이 없어서 한 번 더 노크를 하자 마
지못해 일어나 나오는 듯한 기척이 있었고, 베니어합판으로
된 문이 안쪽에서 끽 하고 열렸습니다.

제 얼굴을 본 도라이치 군은 "앗!"하고 말하는가 싶더니
들어오라는 말도 없이 달아나는 토끼처럼 방안으로 뛰어 들
어가 텔레비전을 딱 껐습니다.

하지만 문 안쪽에는 너비가 안 맞는 싸구려 커튼이 걸려
있을 뿐이라 순간 그 사이로 텔레비전이 제 눈에 띄었으니,
스위치를 끈다 한들 사후 약방문입니다.

제 눈에 들어온 텔레비전 화면은 틀림없는 컬러텔레비전
이었고, 알록달록한 화면에 오색 빛깔 비눗방울이 떠 있는
가운데 빨간 드레스를 입은 인기 가수가 노래를 부르고 있
었습니다.

"아이고, 아이고, 요전에는 실례했습니다. 저기, 아유, 여
기에 앉으시죠."

도라이치 군은 몹시 당황하며 저를 방안으로 들인 후에
저를 안쪽에 있던 텔레비전 앞에, 텔레비전을 등지게 해서

앉히고 자기가 입구 쪽에 앉았는데 거기에는 두 가지 이유가 있을 거라고, 저는 곧바로 눈치를 챘습니다.

우선 텔레비전 화면이 어떻게든 제 눈에 보이지 않게 할 것, 둘째로 제가 때릴지도 모르니까 언제든 도망칠 수 있도록 조심하고 있다는 것, 이 두 가지입니다.

도라이치 군은 초조해하며 땅콩을 먹으라 권했지만, 그릇 안에 껍질이 뒤섞여 있는 걸로 보아 이제껏 도라이치 군이 텔레비전을 보면서 껍질을 까서 입에 넣고 있었던 게 분명했습니다. 그렇게 권하는 대로 그릇에 손을 넣어보아도 껍질뿐이고 알맹이는 좀처럼 집히지 않았습니다.

겨우 집어서 두어 개를 먹으며 대강 이야기를 나누고 평화롭게 나왔습니다. 이 순간부터 저는 진범이 누구인지 짐작이 갔습니다.

도라이치 군이 이제껏 고리 마마코 여사에게 3만 엔을 달라고 졸라왔다는 걸 알고 있잖아요. 결국 고리 마마코 여사가 도라이치 군에게 3만 엔을 주었고, 그 돈에 저금을 보태어 염원하던 컬러텔레비전을 산 게 분명합니다.

고리 마마코 여사는 왜 그런 돈을 쓴 걸까요? 물론 도라이치 군에게 범인 역할을 시키고 고백 편지를 쓰게 하기 위해서겠지만, 그렇다면 도라이치 군의 편지에 있는 것처럼 쇼트케이크 두어 개면 도라이치 군은 충분히 시키는 대로 했을 것입니다.

마마코 여사는 무엇을 위해 3만 엔을 썼을까요? 저는 마마코 여사가 결국 도라이치 군에게 비밀을 들켰기 때문이라고 생각합니다.

저는 집으로 돌아온 뒤, 곧장 이전에 마마코 여사로부터 받은 편지를 꺼내어 당신이 받은 협박 편지와 필적을 자세히 대조해 보았습니다.

글씨체는 많이 바뀌었지만, 한자에서 '노の'자로 이어지는 방식이나 '키き'와 같이 특징이 있는 글자에 분명 공통점이 있었습니다. 제 눈으로만 봐서는 분명하다고 말할 수 없지만, 필적 감정가에게 보여주면 분명 동일인의 필적이라고 할 것입니다.

마마코 여사가 도라이치 군에게 들킨 비밀이란 무엇일까요? 여기까지 말하면 이미 아셨겠지만, 그건 마마코 여사야말로 다름 아닌 그 '불쾌한 협박 편지'의 필자라는 비밀입니다. 하지만 어쩌다 그걸 그 흐리멍덩한 도라이치 군에게 들켜버렸을까요?

저는 추리한 결과 이러한 결론에 이르렀습니다. 마마코 여사는 어쨌든 도라이치 군을 가짜 범인으로 위장시키기 위해 긴자로 불러 쇼트케이크를 사주었습니다. 도라이치 군은 그 역할을 맡고 싶지 않았지만 쇼트케이크가 너무 맛있어서 그 자리에서 OK하고, 마마코 여사 눈앞에 놓인 찻집 테이블에서 그 '친애하는 사촌동생이여'로 시작하는 편지를 시키는 대로 썼습니다.

그러던 중에 마마코 여사는 작은 실수를 저지르고 말았습니다. 도라이치 군이 느릿느릿 편지를 쓰는 사이에 그녀가 지루함을 달래러 창밖의 네온사인 글씨를 읽었는데, 문득 "두통에는 개운한 알약인가. 개운해지는 건 좋지만 약이 지나치게 잘 들었나?" 이런 혼잣말을 해버린 것입니다. 도라이치 군이 아둔하다는 생각에 방심한 거죠.

"아니, 약이 지나치게 잘 들었다니, 그 협박 편지를 쓴 사람이 당신이었습니까?"

도라이치 군은 갑자기 고개를 들고 느긋하게 말했습니다. 마마코 여사는 움찔했습니다.

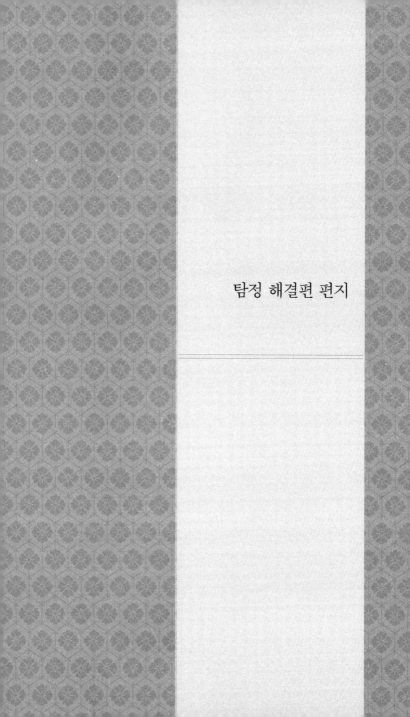

탐정 해결편 편지

호노오 다케루가 가라 미쓰코에게 쓴 편지 (계속)

······ "그 협박 편지는 당신이 쓴 겁니까?"

마루 도라이치 군이 말하자(저의 추리에서는) 고리 마마코 여사는 움찔했습니다. 언제나 둔감 그 자체인 도라이치 군이라 방심했었건만, 그 뜻밖의 직감에 당황한 것입니다.

그때 마마코 여사는 구태여 "사실은 내가 쓴 거야."라고 털어놓을 필요가 전혀 없었지만, 저는 아무래도 그때 그녀가 필요 없는 고백을 한 게 분명하다는 느낌이 듭니다. 그렇지 않다면 그 쩨쩨한 마마코 여사가 3만 엔이나 되는 입막음 비용을 써서 도라이치 군이 컬러텔레비전을 사도록 도와줬을 리가 없습니다.

하지만 아무런 이유도 없이 3만 엔이라는 돈을 쓰는 바보는 어디에도 없습니다. 거기에는 무언가 숨겨진 이유가 있다고 생각해야만 합니다.

마마코 여사는 도라이치 군을 사랑하고, 아니, 사랑까지는 아니더라도 어쩐지 불쌍하게 생각하고 있어서, 전부터 가끔 그가 요구하던 3만 엔을 은근슬쩍 줄 찬스를 노리고 있었습니다. 그때 무심코 입을 잘못 놀린 척 하면서 "사실은 내가 쓴 거야."라고 말하고서 입막음 비용으로 3만 엔을 주었다고 한다면, 말은 됩니다.

말은 되는데, 마마코 여사의 성격을 조금이라도 아는 사람이라면 이런 터무니없는 일이 있을 리가 없다는 걸 바로 알 것입니다. 그러니 이건 추리로서 낙제입니다.

저는 도라이치 군이 어떤 이유로 마마코 여사가 범인이라는 냄새를 맡고서 그 증거를 보여주었고, 마마코 여사가 하얗게 질려서 3만 엔으로 입막음을 했을 것이라 생각하는 편이 논리에 맞다고 생각합니다. 그런 사람이라도 여자니까 자신이 '불쾌하고 음험한 여자'로 보일 위험과 맞바꾼다면 그 정도 돈은 내겠지요.

그렇다면 도라이치 군은 어떻게 그 증거를 잡았을까요?

가라 미쓰코가 호노오 다케루에게 보낸 편지

'?'는 모두 풀렸습니다.

당신의 편지를 읽고 나서 더욱 수상쩍다는 생각에, 저는 도라이치 군을 찾아가 끈질기게 심문해서(하긴 선물로 쇼트케이크를 사다주었습니다만) 겨우 진상을 알게 되었습니다.

바로 이렇게 된 것입니다. 마마코 여사님은, 정말 범인이었습니다. 그녀는 협박 편지라는 아이디어에 빠져서 자기 필적이면 들킬 것이 뻔하니 여성인 한 동년배 친구에게 부탁했습니다. 그런데 그 친구가 그때 건넨 초고를 잃어버렸습니다.

"미안해. 더는 필요 없다는 생각에 구겨서 어딘가에 버려버렸어."

"괜찮아. 베껴 쓴 것만 받으면 되니까."

그 친구는 나쁜 일에 가담하기를 아주 좋아했는데, 그런 사람은 배신에 가담하는 것도 좋아하거든요. 그 사람은 텔레비전 연속극을 쓰는 작가의 제자인데, 선생님의 대필을 맡을 때가 많다보니 이런 일에 익숙했습니다. 마침 텔레비전 각본의 다음 화에서 젊은 남자에게 버림받은 못생긴 중년 여자가 복수하는 이야기가 나왔기에 그녀는 '앗, 이거다' 싶어 곧바로 이 편지 이야기를 가져다 썼습니다. 마마코 여

사의 초고는 거기에 딱 알맞은 소도구가 되었습니다. 그 초
고에 있던 '미쓰코 님'이라든가 '호노오 다케루' 같은 고유
명사는 모두 먹으로 지웠습니다.

텔레비전 연속극의 여주인공이 그 불쾌한 편지의 고유명
사 부분을 먹으로 지우고, 자기를 예뻐하는 학교 선생님에
게 상담을 하러 가는 길에 그걸 가져가는 이야기로 만들었
습니다. 그리고 그 장면에서 마마코 여사님의 편지 초고가
텔레비전에 요란하게 나오도록 줄거리를 짜서 소도구 담당
에게 이 편지를 제공했습니다.

한편 마루 도라이치 군이 설날에 새해 인사차 저희 집에
왔을 때, 지푸라기라도 잡고픈 심정이었던 저는 문제의 편
지를 보여주고 말았습니다.

"마마코 여사님이랑 상의해 보지 그래?"

그의 말에 곧바로 마마코 씨한테 편지를 쓴 거였어요. 도
라이치 군처럼 태평하고 둔감한 사람은 정말 이럴 때 의논
상대로 삼기 참 좋아요. 제 기분의 자잘한 주름까지는 들키
지 않을 것 같은 기분이 드니까요.

그리고 이삼 일 뒤, 도라이치 군은 멍하니 텔레비전을 보
고 있었습니다. 평소처럼 입안에 땅콩을 넣으면서. 텔레비전
에 대한 그의 열정은 요즘 들어 연구의 성격을 많이 띠게 되
어서, 그는 텔레비전에서 마음에 드는 화면이 사라지는 게

아쉽다는 이유로, 예를 들면 '다큐멘터리 프로그램에서 돼지가 하품 하는 장면이나 매우 폼을 잡는 뉴스 해설자가 참다 참다 재채기를 하는 장면' 같은 것들을 영원히 기록해 두기 위해, 늘 곁에 카메라를 준비해 두고 있습니다.

그런데 재미없는 텔레비전 드라마에서 갑자기 이삼 일 전에 본 편지가 그대로 천천히 화면에 나오는 것을 보고 깜짝 놀라 눈을 의심했습니다. 심지어 고유명사가 먹으로 새까맣게 지워져 있는 게 정말 음산한 느낌이었습니다. 하지만 도라이치 군은 이때를 놓치지 않고 카메라 셔터를 눌렀다고 해요.

―그 사진을 현상해보니 어쩐지 본 적이 있는 필적이었습니다. 이리저리 생각하다 마마코 여사로부터 받은 편지와 비교해 보니 완전히 똑같은 필적이어서, 두 번 깜짝 놀랐습니다. 그러고 있는데 마마코 여사로부터 연락이 와서는 긴자에서 만나자는 제안을 했대요.

도라이치 군은 틀림없이 텔레비전 얘기일 거라고 생각했지만, 자기가 먼저 그 얘기를 꺼내지 않은 건 그로서는 썩 잘한 일이었어요. 긴자에서 쇼트케이크를 얻어먹으며 시키는 대로 거짓 편지를 쓴 것까지는 당신의 추리대로였습니다. 그 뒤가 좀 달라요.

마마코 여사는 움찔했지만 곧바로 다시 얼굴에 냉정을

되찾고 "말도 안 되는 소리하지 마. 이제 얼른 봉투에 넣고 편지 부치러 가자."라고 하며 자리에서 일어났습니다. 그리고 도라이치 군이 방금 쓴 편지를 우체통에 넣고서는, 여전히 뒤를 따라오던 도라이치 군에게 물었습니다.

"뭐 또 할 얘기 있어?"

도라이치 군은 샐쭉 웃으며 "증거가 있는데 3만 엔으로 안 사실래요?"라고 하면서 주머니에서 사진을 꺼냈습니다.

—이걸로 모든 의문이 풀렸어요. 한 가지 남은 의문은, 마마코 여사가 구태여 그런 일을 한 동기뿐이죠.

호노오 다케루가 가라 미쓰코에게 쓴 엽서

의심이 풀려서 기뻐. 나도 이걸로 청천백일*의 몸이 됐어. 당신을 이전보다 더 사랑해. 마마코 여사의 범죄 동기는 뻔하지. 나를 사랑하니까 그랬을 거야.

가라 미쓰코가 호노오 다케루에게 쓴 전보

바보 바보 바보. 어서 결혼해 줘.

---

* 청천백일靑天白日, 억울한 죄가 풀림의 비유

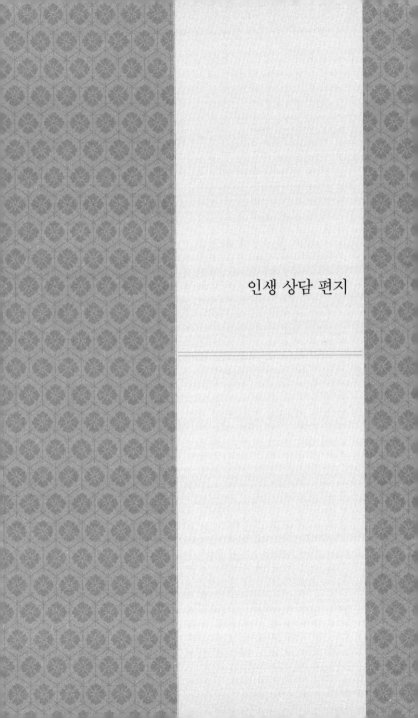

인생 상담 편지

고리 마마코가 야마 도비오에게 쓴 편지

그런 나이가 된 걸까요? 요즘 인생 상담 편지를 받는 일이 잦아졌습니다. 그중 하나가 여기에 있습니다.

우리 영어학원에 다니는 아가씨가 휴머니스트라는 제 평판을 듣고서 보낸 편지입니다.

고리 마마코 선생님.

선생님 이야기는 동생에게서 전부터 들어왔고, 존경하는 마음을 갖고 있습니다.

그나저나 바로 제 얘기를 하자면, 어째서일까요? 저는 인생에 너무 많은 꿈을 품는 성격이라, 그래서인지 아직 인생으로부터 훌륭한 선물을 아무것도 받지 못하고 있습니다.

선도 열대여섯 번 보았지만 늘 제가 먼저 거절하는 식인데,

제가 어쩐지 내키지 않는 태도를 보이니 상대방도 그걸 민감하게 알아채서 이야기가 진전되지 않는 일이 많습니다.

저로 말할 것 같으면 고등학교 때부터 전교 제일의 미인으로 이름이 높았고, 지적 교양도 남성 못지않게 쌓아왔으며, 스포츠도 테니스의 명수로 배운 것은 뭐든 잘했습니다. 서른 살인 지금껏 독신이라는 걸 아무도 믿지 않고, 오히려 네가 너무 완벽하기 때문이라는 식으로 놀림을 받습니다.

남성의 온갖 결점이 눈에 띄고, 교양이 없는 게 눈에 띄며 (언젠가 한 번 선을 봤을 때 "저는 음악을 좋아하는데요. 림스키 코르사코프의 '백조의 호수' 같은 거 참 좋죠." 같은 잘못된 이야기를 잘난 척하며 하는 걸 듣고 풋 하고 웃음을 터뜨렸습니다. 그 선은 그걸로 파투.) 야비하고 볼품없는 요소가 눈에 띄어서, 대개 남성이란 저급하고 동물 같다는 느낌을 아무리 해도 지울 수가 없습니다.

그렇다고 제가 남자를 싫어하는 사람인가 하면 결코 그렇지는 않습니다. 일본영화는 전혀 안 보지만 외국영화에서 캐리 그랜트 처럼 멋지고 세련된 아저씨의 모습을 보면 멍해집니다. 하지만 일본에서 보는 현실의 외국인은 짐승 같고 전혀 좋아지지가 않습니다.

러브레터도 몇 백 통을 받았지만 감동할만한 문장은 하나도 눈에 띄지 않았습니다.

저는 햄릿처럼 순수하고 고민이 많으며 회의와 꿈으로 자신을 괴롭히는 듯한 검은 분위기의 남자가 좋은데, 그런 남자를 본 적이 없습니다. 곧바로 텔레비전 연속극 이야기를 하는 남자, 피에르가르뎅 양복 얘기만 하는 남자는 정말 싫습니다. 어떻게 하면 저의 불행이 구원받을 수 있을까요?

그리고 약간의 비밀을 말씀드리자면 저는 가슴에 자신이 없는데, 작은 데다 좌우의 크기가 다르다는 게 너무 신경 쓰입니다. 생리가 정상적이지 않고 늘 불규칙적이라 두 달간 잊은 듯 없었던 적도 있습니다. 오른쪽 허벅지에 점이 하나 있는데, 그 점 가운데 있는 털 하나가 몇 번을 뽑아도 계속 나는 것도 정말 싫습니다.

저는 미모 때문에 자연의 저주를 받고 있다는 생각밖에는 안 듭니다.

―대강 위와 같은 편지인데, 당신의 명쾌한 분석과 판단을 기다리고 있겠습니다.

야마 도비오가 고리 마마코에게 쓴 편지

심심풀이로 이런 인생 상담이 어떤 의미인지 분석해보는 것도 쓸데없지는 않겠지요. 그 분석 결과를 보고드립니다.

(1) 모든 편지 마니아, 인생 상담 마니아는 자신의 고백 혹은 주장에 대해 내심으로는 진짜 해결을 원하지 않으며, 또한 무언가 해결책을 넌지시 알려줘도 그걸 진심으로 납득하지 않습니다.

그들은 단지 노출광 같은 쾌감만으로 어떤 고백이나 주장을 하는 것입니다. 편지를 보내고 나면 7할쯤은 만족합니다. 우선 그 점을 마음에 새기고 투서나 인생 상담을 접해야만 합니다. 이런 사람들은 스스로 불을 지르고 그 화재현장을 구경하는데 열광하는 타입의 인간으로, 어떤 큰일을 저지르고선 그 결과를 안전한 데서 천천히 구경하고 싶어합니다.

여자 투서광과 인생 상담 마니아는 대개 엄청나게 커다란 모자를 쓴 여자와도 같아서, 모자로 남을 깜짝 놀라게 하고 동시에 그 모자로 자신의 얼굴을 가릴 수 있습니다.

(2) 그런데 인생 상담을 하는 이 여성도 그러합니다만, 세상 사람들이 누구든 자신에게 관심을 가지는 게 당연하다는 착각에 빠져 있습니다.

우리는 그런 관심을 가질 의무가 전혀 없고 모르는 사람이 죽든 살든 딱히 흥미가 없지만, 그녀는 자기 자신에 대한 열렬한 흥미를 남들도 자신에게 똑같이 가질 거라 믿습니다.

우선 이 착각에 인간 및 인생에 대한 커다란 오해가 숨어 있는데, 인생 상담 편지는 일견 내용이 아무리 타당해 보인다 한들 전부 이 잘못된 착각 위에 쌓인 성이어서, 만일 그녀가 이 기본적인 착각을 깨닫는다면 다른 모든 인생 문제도 해결될지 모르는데 그걸 영원히 깨닫지 못한다는 점에 큰 비극이 있습니다.

즉, 낯선 타인에게 인생 상담 같은 걸 하는 행동 그 자체에 그녀의 인생에 고민을 더하는 근본 원인이 숨어있다고 할 수 있겠지요.

(3) 인생 상담을 하는 여자는 이렇게 거울을 잘 보지 않는 성격의 사람이라, 얼굴에 분칠을 한다 해도 옷깃 같은 데는 새까만 타입이 많을 것입니다.

거짓은 모두 자만으로 커버되어 있고, 이 편지를 쓰는 동안 그녀는 '나'라는 말을 쓰고 있지만 신들린 듯 다른 인격으로 바뀌어 있습니다.

그녀가 미인이라는 건 아마 6할쯤은 진짜일지도 모릅니다. 하지만 그녀도 보통내기가 아니어서 자신이 절세의 미인이고, 지성도 있고 교양도 있으며, 운동도 잘한다고 말하는 한편, 그러면 너무 리얼리티가 없으니 편지의 말미에 리얼리티를 덧붙여 두었습니다.

즉, 가슴과 생리와 점 이야기입니다. 이 세 가지는 매우 곤란한 문제처럼 들리지만 사실은 '절세미인에게도 이런 고민이 있어요'라는 대비를 노리고 있으니 여기에 걸려들면 안 됩니다.

그러면 그녀가 호소하고 싶었던 진짜 고민은 무엇일까요? 저는 열대여섯 명의 맞선 상대가(그 정도로 미인임에도 불구하고) 모두 먼저 그녀를 거절했다는 부분이라고 생각합니다. 네? 편지에는 '언제나 제가 먼저 거절합니다'라고 적혀 있다고요? 다시 잘 읽어보십시오. 그에 이어지는 두세 줄은 모두 '상대가 먼저 거절한다'는 실상을 암시하고 있으니까요. 그녀 스스로도 어렴풋이 눈치를 챘겠지만 주위 사람들이 진상을 알려주지 않는 거겠지요.

왜 거절당하는가? 그건 그녀에게 상냥함과 자신감의 평화로운 결합이 없기 때문입니다. 여자의 진정한 매력은 다름 아닌 그 두 가지의 평화롭고 자연스런 결합에서 나오니까요. 그녀가 지닌 마음의 불균형을, 남자들은 한눈에 간파하고 마는 것입니다.

편지교실

환자에게 쓰는
병문안 편지

가라 미쓰코가 호노오 다케루에게 쓴 엽서

고리 마마코 여사가 나쁜 짓을 저지른 업보로 감기가 폐렴으로 악화되어 입원하셨다는 소식을 들었습니다. 그런데 얼마 전 일도 있고 저도 고집이 있으니, 아무래도 병문안을 가고 싶지 않거든요. 하지만 도리에 어긋나는데, 어떻게 하면 좋을까요.

호노오 다케루가 가라 미쓰코에게 쓴 편지

병문안을 가기가 싫다면 병문안 편지를 쓰세요. 아시다시피 그녀는 편지 마니아이니 이때다 싶은 예의 바르고 트집 잡을 데 없는, 모범적인 병문안 편지를 보내십시오. 그렇게 하면 체면도 서고, 지나치게 정중한 그 병문안 편지를 보고 그녀도 무언가 느끼는 바가 있을 것입니다.

가라 미쓰코가 고리 마마코에게 쓴 편지

전략.

입원하셨다는 소식을 듣고 깜짝 놀랐습니다. 감기가 폐렴으로 악화되었다가 그래도 이제는 열이 다시 내렸다는 이야기에 가슴을 쓸어내렸습니다. 올겨울은 추위가 특히 심해서 매일 견디기가 힘든데, 늘 그렇게 정정하시던 아주머니께서 입원하셨다는 소식을 들었을 때는 귀가 의심스러울 지경이었습니다.

분명 다망하신 일상 때문일 거라 생각되오니 이를 계기로 충분한 휴식을 취하시고, 평소처럼 건강한 얼굴을 뵐 수 있을 때까지 학원 일에는 마음을 쓰지 않으시는 게 가장 중요할 것입니다.

학생들의 병문안으로 매일 병실에서도 바쁘시다 들었으니 병문안은 자제하겠습니다만, 부디 아무쪼록 몸조리 잘하시기를 기원합니다.

이만 줄입니다.

야마 도비오가 고리 마마코에게 보낸 편지

병원에 달려갔더니 면회 사절이라는 이야기를 듣고 깜짝 놀랐습니다. 그 후로 하루 이틀 일이 손에 전혀 잡히지 않는 상태였는데(좀 과장인가?), 오늘 들은 이야기로는 열이 내려 이제 한고비를 넘기셨다고 하여 마음이 놓였습니다. 그래서 곧 병문안을 한 번 더 가야 할지도 모르지만, 저도 장사가 바빠졌고 건강해진 당신을 만나면 평소처럼 남의 험담이나 잡담만 시작할 게 뻔하니, 다시 열이 오르면 큰일이니까 편지를 써서 병문안을 대신하기로 했습니다.

저로서도 당신 같은 악녀가 죽으면 정말 큰일이니 아무쪼록 장수해 주십시오. 제가 이제껏 알고 사랑해 온 여자들은 아무리 악녀여도 마음속은 선량 그 자체였습니다. 그래서 저는 언제나 실망하고 환멸을 느껴왔습니다. 진정한 악녀를 만난 건 당신이 처음이고, 저는 이런 악녀에게 홀딱 반하는 사람입니다만, 이 사람도 혹시 심성은 좋은 사람이면 어쩌지, 하는 환멸의 공포에 사로잡혀 당신만큼은 어쨌든 손대지 않고 소중히 저의 '이상적인 악녀'의 이미지로 남겨두자는 생각에, 연인이 아닌 친구로서 지내고 있는 겁니다.

그 악녀가 폐렴 같은 걸 걸리고 특효약인 페니실린도 마녀의 몸에는 안 듣는지 입원 소동까지 일으켰다는 소식을 들고서 깜짝 놀랐는데, 악의 천사 또한 당신 편을 들어서 다행히도 차도가 있게 만들어준 것입니다. 뭐가 어찌됐건 축하드립니다.

이렇게 된 이상 불사신이라 과신하지 마시고 얼굴 미용에 쏟는 노력과 주의를 건강에도 똑같이 쏟으시어, 이 세상에 악녀의 숨결이 더욱 많이 피어오르게 하시기를. 건투를 빕니다.

추신. 백화점에서 사서 보낸 머리맡용 장난감은 마음에 드셨는지요?

고리 마마코가 야마 도비오에게 보낸 편지

아아, 당신은 어쩜 이리도 보기와는 달리 상냥하고 좋은 사람일까요. 당신 식으로 말하자면 정말 환멸을 느껴요.

이런 일이 있으면 서로 마음을 위로하기에는 같은 연배끼리가 최고네요. 머리맡 장난감까지 마음을 써줘서 고마워요. 하지만 립스틱을 진하게 바르고 아이섀도를 칠한 청개구리가 태엽을 감으면 입에 문 담배를 뻑뻑 피우며 연기를 뿜어내다니, 대체 이게 뭐죠? 용케도 이렇게 실례가 되는 장난감을 찾아내셨군요.

이번 병과 입원은 정말 청천벽력이었어요.

입원 같은 건 어릴 때 이후로 처음이어서 그것만으로도 정신적인 충격을 받았습니다. 그리고 제가 정말 나약해진 건(물론 일시적인 나약함이지만) 평소에는 저를 늘 힘들게 하던 대학생과 고교생인 아들들이 이번 입원을 전후해 저를 잘 챙겨주는 모습을 보면서 였습니다. 고등학생 아들은 이마의 얼음을 계속 바꾸어주었고, 대학생 아들은 제 발로 이리 뛰고 저리 뛰며 병원 1인실을 간신히 확보하는 활약을 보여주었습니다. 뭐 그건 제가 지금 죽으면 용돈도 받지 못하게 될 테니 그러면 곤란하다는 타산이 있어서겠지만, 그렇다 해도 병세가 무거웠던 2, 3일 간 간병하고 걱정해주는 모습은 눈물이 날 지경이라 저도 오랜만에 스스로의 모성을 자각했습니다. 저는 모성을 지닌 사람으로서의 매력 따위 전혀 없다고 생각했는데, 의외로 그런 매력도 있나 봐요. 하긴 대학생 아들은 제가 열이 내리고 난 뒤 바로 여자 친구들과 스키를 타러 가버렸지만요.

그건 그렇고 가라 미쓰코에게서 병문안 편지를 받았습니다. 동봉했으니 한번 읽어보세요. 어딘가 이상하지 않아요?

당신은 그렇게 마음에 와 닿는 병문안 편지를 주셨는데, 제가 그렇게 신경 써서 돌봐줬던 그 아이가 이런 편지를 보내다니.

하긴 형식상, 예의상으로 잘 쓰인 병문안 편지이지만 잘 보면 뭐라 말할 수 없는, 시치미를 떼고 있는 듯한 차가운 감정이 근저에 흐릅니다. 특히 '이를 계기로 충분히 휴식을 취하시고'라는 부분을 곡해한다면 '되도록 빨리 나오지 말라'는 의미로도 읽히잖아요. 저는 논리나 형식이 아닌 감으로 편지를 판단합니다. 이 병문안 편지에는 '마음'이 없어요.

정말로 '가슴을 쓸어내렸나?' 그런데 그 앞의 '그래도 이제는 열이 다시 내렸다는 이야기에'라는 한 줄을 손가락으로 가리고 읽으면 이렇게 되잖아요.

'감기가 폐렴으로 악화되었다고 하여 가슴을 쓸어내렸습니다.'

제 감으로는 아무래도 이 아가씨가 저에게 딴 생각을 품은 것 같습니다. 이렇게 상냥하고 인정이 많은 저에게.

그게 아니라면 병문안 편지에는 무언가 작고 상냥한 마음의 꽃이 함께 적혀 있을 것입니다. 예를 들어 저를 꾸짖듯이 '건강하시고, 튼튼해지시고, 무모한 행동을 하시면 안 됩니다. 만약 아주머니에게 무슨 일이 생기면 아주머니를 사랑하는 사람들의 인생은 엉망진창이 되어버리거든요. 이 점을 유념하십시오.' 이런 식의 매혹적인 구절이 하나쯤은 있을 법 하잖아요? 이렇게 차가운 아가씨와 서로 사랑한다고 생각할 호노오 다케루 군은 정말 장님인가 봐요.

임신을 알리는 편지

가라 미쓰코가 호노오 다케루에게 쓴 편지

사실 이런 얘기는 만나서 하면 좋겠지만, 충분히 생각한 끝에 편지로 쓰기로 했습니다. 당신에게 제 얼굴을 보이지 않고, 그리고 당신의 반응을 직접 보고 부들부들 떨 일 없이, 심지어는 당신의 귀에 대고 직접 말을 걸고 싶을 때는, 역시 편지 말고는 방법이 없는 것 같기 때문입니다.

실은 저 임신을 했어요.

여기까지 읽고서 '아아, 이제 이 다음은 읽기 싫다.'라고 생각하셨다면 편지를 바로 찢어버리셔도 좋아요.

전 이런 얘기를 꺼낼 때 여자가(그 여자가 결혼한 상태가 아닐 때는) 아무리 귀여운 포즈를 취하고 아무리 귀여운 목소리를 내보아도, 틀림없이 어느 정도는 뻔뻔해 보일 거라는 사실을 견딜 수 없어요.

언젠가 우리가 신주쿠에 있는 찻집에서 이야기했을 때 옆 테이블에 심각한 커플이 있었던 걸 기억하시죠?

여자는 스무 살쯤이고 약간 시골 느낌의 원피스 차림, 남자는 스물 네댓에 촌스러운 샐러리맨 느낌이었는데, 여자는 훌쩍훌쩍 울기만 했고 남자는 왠지 뾰로통해서 주위만 신경 쓰고. 가끔 들리는 소리는 "그만둬. 운다고 해도 이제 와서 소용없잖아. 어쨌든 내 탓은 아냐." 이런 남자의 무뚝뚝한 말뿐이었죠.

남들 이야기에 귀를 기울이는 건 잘못된 행동이지만 어쩐지 신경 쓰이고, 신경이 쓰이니 나도 모르게 귀를 기울이게 되고, 저희가 화제에 올리면 그들 귀에도 들어갈 게 분명하니 서로 눈빛으로만 이야기해도 뭔가 아쉽고…… 어떻게 할까 하다 결국 둘이서 가게를 나왔죠.

그리고 길을 걸으며 "뭘까? 헤어지자는 얘길까?"라고 제가 말하자 "응. 그런 것 같은데. 아이가 얽혀 있는 것 같아. 여자가 '아이가 생겼으니까 결혼해 줘' 같은 말을 해서 실랑이 중인 것 같았어."

"흐음, 심각하네. 좀스러워서 싫다."

"딱히 좀스럽진 않지."

당신은 그렇게 말하고 그 이야기는 더 이상 언급하지 않았습니다. 저는 그때 어쩐지 납득할 수 없는, 무언가 마음에 걸리는 듯한 기분이었습니다.

그 너저분한 커플에게 경멸을 느끼면 안 되는 건지도 모르지만, 왠지 인생을 모르는 사람들이라는 느낌이었고 저도 여자로서 작은 불안이 있었기에 '내가 그렇게 비참한 꼴을 당하면 싫겠다. 심지어 찻집 같은 데서 사람들 앞에서 눈물을 보이기는 싫어. ……하지만 괜찮아. 난 결코 그렇게 되진 않을 테니까'라고 자신을 위안하거나 격려하곤 했습니다.

당신도 아시다시피 저는 그렇게 공주병이 있진 않지만, 남들보다 약간 똑똑한 데가 있다고 한다면 '여자는 아무리 똑똑해도 어떤 상황에서는 손쓸 수 없는 바보가 된다'는 사실을 스스로 어렴풋이 알고 있다는 부분일지도 몰라요. 그렇게 되는 자신을 참을 수 없다 해도, 분명 그렇게 되는 자신을 피할 수는 없을 테죠. 왜냐하면 여자의 마음이란 자신의 내면에 있는 게 아니라 밖으로부터 강제당하는 명령 같다는 기분이 들 때가 있거든요. 히스테리를 부리는 여자는 자신의 히스테리가 결코 자기 탓이 아니라고 믿을 거예요.

─그래서 제가 임신했다는 걸 알았을 때, 저는 자신이 어떻게 될 지가 가장 걱정이었습니다. 당신에게 울며 매달리게 될까 봐 그게 제일 싫었습니다.

편지라면 비교적 부끄럽지 않으니 무슨 말이든 씁니다.

매월 있던 게 없으니 무심코 걱정을 하다가 설마 하는 기분이 들었습니다. 당연히 그런 일이 일어날 우려는 있었지만, 자신의 몸에 일어나니 마치 복권에라도 당첨된 듯 기적이라는 생각이 드니 이상합니다. 하지만 당신에게 그런 걱정을 말하기 싫어서 늘 명랑하게 있었던 걸 칭찬해주세요.

결국 걱정으로 밤에 잠도 잘 수 없게 되었는데, 혼자 병원에 가면 비밀을 유지할 수 있다고 생각하면서도 그럴 용기가 나지 않았고, 심지어 산부인과 의사 중에 아는 사람도 없어서 역 앞 산부인과 부근을 서성인 적도 있습니다.

병원 담장을 따라 금목서가 쭉 심어져 있었는데, 그 꽃향기가 진해서 이런 병원으로 들어가면 꽃향기 때문에 구역질이 나는 게 아닐까 상상하자, 갑자기 구역질이 났습니다. 그래서 그대로 손수건으로 입을 막고 서둘러 집으로 돌아와버렸습니다.

학교 친구 중에 가장 입이 무거운 N코에게 이야기해서 함께 병원에 간 것은 어제였습니다. 부끄러워서 죽을 것 같았지만 의사 선생님이 여자 분이어서 다행이었습니다.

"임신이네요. 그건 틀림없습니다."

여자 의사 선생님은 붉게 물든 소독액으로 손을 씻으며 저를 등진 채 사무적으로 그렇게 말했습니다. 저는 혼나는 듯한 기분이 들었습니다.

─그리고 하룻밤 생각하고서 지금 이 편지를 쓰고 있습

니다.

　이제껏 이런 걱정을 당신께 전혀 털어놓지 않은 건 매정한 일일지도 모릅니다. 하지만 저는 확실치도 않은 일로 당신을 놀라게 하기 싫었고, 이런 걱정은 어차피 남자들이 알 수 없는 육체적인 비밀 같다는 생각이 들어서 '아이 아빠'의 걱정하는 얼굴을 되도록 안 보고 싶었거든요.

　사실만, 사실만을 냉정히 보고하려 했는데 이렇게 장황한 편지가 되었네요. 전 역시 재미없는 보통 여자애인가 봐요. 하지만 한편으로는 용기백배, 용기 충만한 기분도 없지는 않습니다. 아실까요? 그건 결코 '이걸로 분명 결혼할 수 있다'는 여자의 뻔뻔한 기쁨이 아닙니다.

　언젠가 당신과 함께 명화극장으로 본 〈사랑하는 시바여 돌아오라Come Back, Little Sheba〉처럼 속도위반 결혼이라는 게 남자의 한평생을 어떻게 망치는지, 그리고 여자를 어떤 불행에 빠뜨리는지도 잘 알고 있으니 강제적인 결혼 같은 건 조금도 하고 싶지가 않아요.

　당신이 의리니, 의무니, 책임이니 하는 감정으로 결혼하는 거라면 제가 거절하겠습니다. 아이에게 조금이라도 강요당하는 기분으로 하는 결혼이라면 안 하는 게 낫다고 생각해요.

　무슨 일이 있어도 이 아이는 낳아서 제가 기르겠습니다.

그런 용기백배, 용기 충만한 마음이 조금 주제넘은 건지도 모르지만 제 안에 끓어오르기 시작했습니다. 지우기는 절대 싫습니다. 당신께 폐를 끼치지는 않겠습니다.

다만 당신과의 사랑, 당신과의 결혼은 특별히 아름답고 멋지고 신선한 것으로 간직해두고 싶어요. 모순일지는 몰라도 임신한 제가 스스로도 너무 동물적이라 싫지만 그 동물적인 비극은 동물적인 비극이라 치고, 당신이 전혀 구애될 것 없이 똑같은 태도로 저를 사랑해주고 결혼해주신다면 저는 얼마나 행복한 여자일까 싶습니다. 분명 세상에서 가장 행복한 여자겠지요.

답장 주세요. 지금은 만나고 싶지 않습니다. 꼭 편지로.

편지교실

임신을 알게 된
남자의 사랑 편지

호노오 다케루가 가라 미쓰코에게 쓴 편지

당신의 편지가 귀엽고 또 귀여워서 이번처럼 편지에 키스를 많이 한 적은 없었어. 만약 이게 귀여운 척 하는 눈물 전술의 편지였다면 내가 이렇게 감동하는 일은 결코 없었겠지.

당신의 편지는 임신 사실을 냉정하게 말하고, 거기서 생길지 모르는 내 마음의 부담을 없애려고 열심히 애쓰는 편지였어. 그래서 일견 편지가 냉정하고 지나치게 이지적으로 보였을지도 몰라.

하지만 이건 그야말로 진정한, 조용한 애정이 넘치는 편지야. 이건 그야말로 조용한 겨울의 햇빛처럼 몸과 마음을 점점 데워가는 애정이고, 어릴 적 일광욕을 하던 추억과 이어지는 듯한 깊은 그리움이 넘치는 애정이야.

당신이 이걸 편지로 써줬다는 게 고마워. 만약 직접 만나서 얘기를 들었다면 서로의 미묘한 표정 변화 하나하나가 서로의 마음에 있지도 않은 억측이나 어림짐작을 낳았을 거야. 지금 이렇게 만나고 싶은 기분을 억누르면서도 편지로 답장을 하는 것도 그 때문이야.

우리 아이는 어떤 어려움이 있더라도 낳아줘. 우리는 젊은 데다 건강하니 어떤 일을 하더라도 아이 한두 명을 못 키울 리 없어. 나도 아빠라고 생각하니 책임감보다 인생과 사회에 발 디딜 곳 하나를 얻었다는 강한 자신감이 끓어올라.

이건 결코 한때의 감정으로 하는 말이 아냐. 아이를 무거운 짐으로 여기고 언제까지나 자신들의 자유와 쾌락을 좇는 건, 말기 자본주의적인 향락주의에 물든 가엾은 노예의 감정이라고 생각해.

놀고 싶으면 부부가 함께 자는 아이를 업고서 놀러 가면 되잖아. 언젠가 심야 성인영화관에 새벽 2시쯤 되는 한밤중에 자는 아이를 업고 온 젊은 부부가 있었어. 그런 걸 보고 감탄하는 건 절대 아니지만.

하나도 걱정하지 말고, 이런저런 생각하며 마음 쓰지 말고, 미래에 하게 될 후회 따위도 절대 생각하지 말고 내 품으로 뛰어 들어와 줘. 물론 동거생활을 기약 없이 길게 끌고 싶지는 않으니 나는 오늘 곧장 시골에 계신 부모님께 편지를 쓸게.

부모님은 지금껏 그렇게 어린 나이에 결혼은 안 된다며 결혼 자체를 반대했었지만, 이젠 반대할 수 없을 거야.

호노오 다케루가 가라 미쓰코에게 쓴 편지
(위의 편지를 쓰고 일주일 뒤)

어제 우리 부모님을 소개하고 나서 어쩐지 당신에게 미안한 일을 한 듯한 기분이 들어. 표현은 잘 못하시지만 마음씨는 좋은 분들인데. 근데 어떻게 된 게 도시 사람을 이해해주질 않아. 가능하다면 모두의 축복을 받으며 결혼하고 싶어서 부모님을 소개했던 건데, 그게 여러모로 내 경솔한 생각이었던 것 같아.

내 편지를 본 부모님은 시골에서 서둘러 올라오셨어. 난 '아이가 생겼으니 결혼하고 싶다'고 말했는데, 부모님은 내가 말도 못하게 칠칠치 못한 실수를 했다고 해석한 것 같아. 허둥지둥 와서는 갑자기 "대단한 짓을 했구만."이라면서 덤벼들 기세로 내가 양가집 규수에게 상처를 입혔다고 난리를 피우고, 상대방 부모님께 고개도 못 들 것 같다며 펄펄 뛰는 거지.

나는 회유책으로 신주쿠의 닭구이집으로 부모님을 모시

고 갔고, 거기에서 만큼은 "맛있다. 맛있다."라고 기뻐하는 얼굴을 보며 안심했지만, 식사가 끝나자 바로 푸념이 시작됐어.

이튿날 아침에는 직장으로 모시고 가서 내가 운전하는 엘리베이터에 태워드렸는데, 처음에는 아주 멋들어진 엘리베이터에 깜짝 놀라서 쭈뼛쭈뼛 타셨어. 그런데 한 번 타니까 계속 타고 싶으셨는지 지하 3층부터 지상 9층까지 스무 번이나 오르락내리락하면서, 그동안 한 번도 내리지 않고 계속 내 뒤에 딱 붙어 있다가 점점 익숙해졌는지, 남들 앞인데도 불구하고 큰 소리로 "너도 참 왜 그런 짓을 했어."라든가 "어떻게든 여자 집에 사과하러 가야지." 같은 말을 하고, 다른 손님들이 킥킥 웃기까지.

나도 화가 났지만 화낼 수가 없었고, 부모님은 그냥 내 옆에 딱 붙어 감시할 생각으로 엘리베이터를 계속 타고 있고. 가끔 다른 사람 없이 나랑 부모님만 남게 되면 "이 건물에는 미인이 꽤 많네"라는 아버지의 말에 어머니가 화를 내면서 부부싸움이 시작되고. 결국 울화통이 터져서 쫓아내듯 내리게 했어.

그날 밤 집에는 애써 늦게 들어갔는데 부모님이 잠도 안 주무시고 기다리고 있었고, 내일은 어떻게든 당신을 만나게 해달라고 하길래, 알았다는 대답 없이 만나서 어쩌려고, 했더니 그냥 용서를 빌겠대. 그게 무슨 말이야 내 아내야, 라고 했더니 아버지가 너무 화가 난 나머지 떨리는 손으로 피우던 담뱃불을 자기 손에 붙여서 화상을 입고 말았어. 그래서 당신을 만났을 때 아버지가 손에 그렇게 호들갑스러운 붕대를 감고 있었던 거야.

부모님은 당신을 만나고서 우선 당신의 아름다움과 귀여움에 깜짝 놀랐는데, 그보다 당신의 주눅 들지 않는 태도에 더 깜짝 놀랐어.

부모님은 당신을 만날 때까지 아들의 독사 이빨에 걸려든 불쌍한 울보 피해자 소녀를 상상하고 있었나 봐. 그리고 상대가 울면서 억울함을 호소하면 자기도 잘못했다고 하면서 무릎이라도 꿇고 당신에게 용서를 구하고, 당신과 함께 당신 부모님께 가서 아들의 칠칠치 못함을 사과하고 그러다 당신 부모님이 "부디 제 딸을 받아주십시오." 같은 말이라도 하면 그때는 "기꺼이 그러겠습니다."라는 식으로 흘러갈 거라고 예상했던 모양이야.

하지만 세상사가 모두 자기 예상이나 공상대로 흘러가지는 않는다는 걸, 우리 부모님은 그 연세가 되도록 모르셨나 봐.

우선 당신의 침착한 태도에 깜짝 놀랐고, 당신이 냉정하게 "네, 저희 아이예요."라고 생긋 웃으며 선언하는 걸 보더니 기겁해서는, 당신을 일종의 미치광이라든가 아니면 엄청난 불량소녀로 여기게 된 것 같아.

심지어 당장 당신 부모님께 사과를 하러 가고 싶다는 우리 부모님의 말을 당신이 단호하게 거절한 것도 안 좋았어. 그 일로 우리 부모님은 믿을 구석이 없어졌다는 기분을 느끼게 된 것 같아. 당신의 델리커시, 당신의 배려, 당신의 야무짐이 모두 엉뚱한 결과를 낳고 말았어. 우리 부모님은 촌스러운 센티멘털리즘밖에 모르시거든.

당신이 가고 난 뒤 부모님은 곧 허둥지둥 돌아갈 준비를 하고선 아무 말 없이 시골로 가버렸고, 오늘 아침에 이런 전보를 보내왔어.

결혼, 절대로, 허락 못 함.

큰일이지만 어쩔 수 없지. 우리는 이미 성인이니 부모님의 허락이 없어도 보란 듯이 결혼할 수 있지만, 되도록 주위의 축복을 받으면 좋겠다고 생각했던 내가 일을 너무 만만하게 봤던 거야.

이렇게 된 이상 바로 둘이서 구청에 혼인신고 하러 가자.

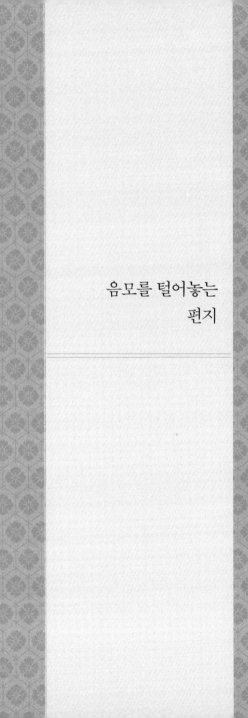

음모를 털어놓는
편지

고리 마마코가 야마 도비오에게 보낸 편지

이건 친구로서 당신에게 쓰는 진실의 편지입니다. 지금껏 당신의 우정을 믿고 있었지만 그건 그거고, 서로 거짓말을 하거나 가볍게 속이며 불성실을 즐겨왔습니다. 이번만큼은 진정한 친구, 제게는 동성이든 이성이든 단 한 명밖에 없는 친구인 당신에게 쓰는 편지입니다. 아무쪼록 그런 생각으로 읽어주세요.

사실 지금이니 하는 이야기지만 호노오 다케루를 헐뜯는 편지를 가라 미쓰코에게 보낸 범인은 저입니다. 트릭을 짜고 남에게 부탁해서 보낸 편지인데, 마지막에 마루 도라이치에게 죄를 뒤집어 씌웠습니다. 그 결과 마루 도라이치의 컬러텔레비전 구입에 돈을 보태게 되었지만 그 얘기는 나중에 하기로 하고.

여기까지 털어놓으면 아시겠지만, 저는 어떻게 해서든 그와 가라 미쓰코의 관계에 찬물을 끼얹고 싶었던 거예요. 반장난으로 찬물을 끼얹는 게 아니라, 진짜로 찬물을 끼얹고 싶었어요. 그건 말할 것도 없이 제가 호노오 다케루를 사랑했기 때문입니다.

저는 보통 그런 연극 청년 타입을 싫어하지만, 별로 이야기한 적도 없는 주제에 왠지 점점 신경이 쓰였어요. 그 아이의 묘하게 빠릿빠릿하면서 얄미울 정도로 교활한 점이나 묘하게 불만스럽고 우울해 보이는 표정이라든가, 젊고 풋내나는 나이대의 스스로 처리할 수 없는 뒤엉킨 실 같은 데가 매력적이어서, 그렇게 모순이 넘치는 덩어리를 제 손으로 풀어주고 싶다는 마음이 든 거예요.

그렇게 말하면 당신은 저더러 위선적이라고 하겠지만 그 아이의 엷게 그늘진, 젊음의 니스를 칠한 듯한 얼굴이 점점 좋아졌다고 한다면 아시겠지요. 게다가 그 아이는 체격도 이상하게 우락부락한 데가 없어서인지 청춘의 덧없음 같은 게 감돌아서, 몰래 안아주고 싶다는 마음이 들게 합니다.

그가 가라 미쓰코에게 푹 빠진 건 참을 수 없는 일이었습니다. 그가 저를 사랑하지는 않더라도, 그가 어떻게든 미쓰코를 사랑하지 않게 된다면 그걸로 족했습니다.

하지만 어떤가요. 제가 노린 바와는 반대로 그 편지가 오히려 다케루와 미쓰코를 전보다 더 강하게 이어준 꼴이 되었고, 심지어 미쓰코가 임신을 해서 둘은 부모님의 반대에도 아랑곳 않고 당장이라도 결혼할 듯한 형세입니다.

이건 마루 도라이치가 전해준 정보인데, 그 아이는 컬러텔레비전이 자기 것이 되고 난 후로 몰라볼 만큼 눈치 빠른 아이가 되어 저를 위해 스파이 역할을 자처하면서, 그 무엇보다 편리한 존재가 되었습니다.

마루 도라이치의 정보에 따르면 다케루가 자기 부모님께 미쓰코를 인사시켰지만, 부모님은 마음에 안 든다고 화를 내며 고향인 이바라키茨城로 돌아가 버렸고 다케루도 화를 내며 멋대로 결혼하겠다고 한다는데, 마루 도라이치는 다케루가 입으로는 그렇게 말하면서 좀처럼 실행에 옮기지 않는 것을 이상하게 여기고 있습니다.

하지만 전 알아요. 연극청년이고 하이칼라*처럼 생겨서 하이칼라 복장을 하고 진보적인 연극론 같은 걸 도도히 펼치며 살아도, 그 청년의 본성은 어수룩한 촌놈이어서 반드시 부모님의 지지를 받고 싶은 거예요. 거기에 그 청년의 뭐라 표현할 수 없는 언밸런스한 귀여움이 있어요.

부모님의 축복을 받으며 정식으로 결혼식을 올리지 않으

---

* 기장을 길게 하여 높이 올린 와이셔츠의 옷깃(high collar)에서 유래된 말로, 서양식 유행을 따르는 멋쟁이를 말한다.

면 도저히 만족할 수 없는 촌스러운 영혼이 그 아이의 마음 속에 숨어있는 거죠. 미쓰코가 그걸 눈치 채고 점차 환멸을 느끼는 게 제가 노리는 바입니다.

그래서 친구로서 당신께 부탁이 하나 있어요. 미쓰코에 대해 무언가 나쁜 소문을 만들어낸 뒤에 당신이 이바라키로 가서서 다케루 부모님의 귀에 그 소문이 들어가게 하시고, 전력을 다해 다케루의 결혼을 방해하도록, 부모님께 신신당 부해주면 좋겠어요. 다케루의 부모님을 꾀어낼 선물을 비롯 한 부대비용은 모두 제가 내겠습니다. 가능하면 당신이 미 쓰코의 남편 같은 얼굴로 뛰어들어줬으면 좋겠습니다.

저의 간절한 부탁입니다. 아무쪼록 성공해주세요. 이 일 에 성공해주신다면 어떤 부탁이든 들어드릴게요.

어쨌든 저는 몸과 마음에 엉겨 붙은 거미줄 같은 것을 어 떻게든 떨쳐내고 싶습니다. 저의 사랑을 성취하지는 못할지 언정, 제 사랑의 대상이 저와 비슷할 정도로 무언가를 확실 히 잃었으면 좋겠습니다.

그리고 저와 비슷할 정도로 두 번 다시 다른 사람의 진심 을 믿지 않는 인간이 되었으면 좋겠습니다. 그렇게 되면 그 아이의 매력은 확실히 옅어질 거라 생각합니다.

왜냐고요? 인간은 누구든 자신과 완전히 똑같은 종류의 사람을 사랑할 수 없기 마련이잖아요.

야마 도비오가 고리 마마코에게 쓴 편지

거 참, 놀라운 편지였습니다. 고리 마마코 여사님이 결국 실토하시다니. 당신은 거짓말의 결정체 같은 여자라서 그게 매력이었는데, 저와 비슷할 정도로 정직하기만 한 인간이라는 걸 알고 나니 매력이 조금 반감되는군요.

또한 당신은 어쩜 이리 흔해빠진 '중년 여성의 사랑'이라는 것의 포로가 되었는지요. 젊은 남자에게 홀딱 빠지고, 심지어 자기 나이가 너무 위라 자신이 없어서 사랑받는 건 포기한 주제에 오히려 상대의 증오만을 바라는 듯한 행동을 하다니. 증오도 관심의 한 종류이니 무관심보다는 좋다는 거죠. 그리고 자신의 사랑을 뿌리 뽑는 대신 상대의 사랑도 뿌리 뽑는다. 이걸로 무승부라는 얘기죠.

죄도 없는 상대를 불행에 빠뜨리는 건 일견 악마적인 행위라 볼 수 있지만, 원래 사랑에는 선악이 없어요. 사랑이 잘 되면 이어지고 잘 안 되면 멀어지는 것과 마찬가지로, 제3자가 하는 사랑의 형태도 평화적으로 흘러가면 젊은 두 사람을 이어주는 방향으로 가고 전투적으로 흘러가면 그 둘을 떼어낼 뿐인데, 당신의 전투적인 성격을 생각하면 과연 하고 고개가 끄덕여집니다. 그렇다 쳐도 그렇게 남을 헐뜯는 편지까지 쓰다니, 꽤나 고리타분한 로맨티시즘이네요. 18세기 악녀 같아요.

아이고, 지금은 이런 연애철학을 구구절절 늘어놓을 시간이 없지 참. 이미 불은 타오르고 있습니다. 소방관은 불탈 위험이 있는 물건이 남아 있다면 그것을 미리 부숴두어야 합니다.

당신처럼 연애할 시간이 있는 처지와는 달리 저는 여름 패션쇼 준비로 바쁘고, 집안에는 고양이와 가위와 형지가 뒤죽박죽이라 이바라키까지 갈 시간이 전혀 없지만, 당신의 공손한 부탁이라면 어쩔 수 없으니 사상 최대의 악역을 받아들이도록 하지요. 단, 이렇게 쉽사리 받아들이는 것도 당신을 아주 좋아해서 그런 것임을 잊지 마시길.

저는 시골의 부모님이 좋아하실 만한 선물을 많이 준비해서 아름답고 젊은 첩인 가라 미쓰코 양에게 차인 불쌍한 중산층 아저씨 역할을 연기하러 가도록 하지요.

잘 되면 그길로 부모님을 도쿄로 모셔와 그 성가신 호노오 다케루 청년의 멱살을 잡아서 시골로 데려가게 하고, 영원히 감방에라도 처넣게끔 제 최고의 정치적 수완을 발휘할 생각입니다.

안심하고 계시길. 총총.

　　　　　　　　　　　　편지교실

쓸데없는 참견을
하게 된 편지

야마 도비오가 가라 미쓰코에게 쓴 편지

제가 귀여운 당신에게 편지를 쓰면 또 추잡한 내용이 적혀 있을 거라는 생각에 봉투도 뜯지 않고 쓰레기통에 던져 버릴 위험도 있겠지만, 이건 읽으면 손해가 결코 없는 편지이니 끝까지 읽어주십시오.

뭘 숨기겠습니까. 저는 어떤 사람의 의뢰로 당신의 행복을 파괴하겠다는 마음을 먹은 참이었습니다. 무슨 원한이 있어서? 라고 말씀하실지 모르지만, 역시 당신에게 차인 원한이 남아있습니다. 남자의 프라이드에 한 번 상처를 내면 훗날까지 화가 미치는 법입니다.

이 바쁜 제가, 굳이 시골에 계신 호노오 다케루 군의 부모님을 찾아가 당신의 기둥서방인척 하면서 '나의 미쓰코를 돌려 달라'고 말해서 부모님을 깜짝 놀라게 하고 당신들의 결혼을 깨뜨릴 계획이었습니다.

하지만 여러모로 생각하다가, 저도 악마 역할을 하는 걸 아주 좋아합니다만 비참한 악마가 되고 싶지는 않다는 생각에 이르렀습니다. 더 좋은 역할은 없을까? 더 멋진 역할은? 그래서 떠올린 게, 의뢰인을 배신하고 제 욕망을 만족시키는 한편 당신을 행복하게 해줌으로써 저의 인간적인 양심을 만족시키는 악마 겸 좋은 사람 역할이었고, 이게 훨씬 더 보람 있을 거라는 생각이 들었습니다. 무엇보다 의뢰인은 엄청나게 터프한 신경의 소유자이니 배신한다 한들 딱히 자살할 우려도 없습니다.

저는 계획을 완전히 새로 짰습니다. 당신이 다니는 대학의 촌스러운 교수 역할을 연기하기로 했습니다.

자, 이렇게 되면 이 일은 디자이너의 낙입니다. 대학교수 중에 딱히 매체에 잘 팔릴 만한 재치는 없으면서도 여학생들에게 어느 정도 측은함과 비슷한 인기가 있는, 몹시 융통성이 없으면서 양심적이고 평화주의자인, 말하자면 팔푼이 같으면서도 약간 약았으면서 소심하면서도 이기적인…… 지리멸렬한 것 같지만 그런 대학교수 얼마든지 있잖아요?

다시 말해 그런 인물로 변신하기 위해 양복과 넥타이까지 공을 들일 대로 들여서, 일부러 헌옷가게에서 그럴싸한 양복까지 사왔습니다. 웃옷 소맷부리에는 분필까지 조금 문질러 묻혀서요.

그러고 나서 덜덜거리는 기차를 타고 다케루 군의 고향까지 가서 그의 부모님 집을 찾아갔습니다. 그리 으리으리한 집은 아닙니다만 지방의 상당한 유력자가 사는 저택 같은 외관이어서, 다케루 군이 부모님의 원조를 받건 안 받건 간에 도쿄에서 태평히 좌익 연극이론 같은 걸 떠들어대며 살아갈 수 있는 이유를 알았습니다. 어쨌든 돌아갈 데가 있는 사람은 강하니까요.

그의 부모님은 아주 좋은 사람들로, 불쌍할 정도로 좋은 사람들이지만, 시골 사람은 이런 좋은 사람들이라도 탐관오리와 결탁하기도 하니까 방심할 수 없습니다. 저도 충분히 결의를 다지고 나서, 뵙기를 청하며 자제분의 일로 이야기를 하고 싶다고 하니 곧장 만나주었습니다.

어설프게 가짜 명함 같은 걸 만들면 뒷일이 성가시니 당신 모교의 영문학 교수라고 입으로만 말했는데 그래도 믿어주었고, 자리에 앉자마자 그분들이 바로 "아들놈이 뭔가 나쁜 짓이라도 한 겁니까?"하고 쭈뼛쭈뼛 묻는 게 아니겠습니까. 저도 상당한 연기파라 "아뇨, 아뇨, 아드님은 도쿄에서 잘 지내고 있고 스스로 생계를 꾸리면서 신극 분야에서 유망한 젊은이로 일각에서 촉망받고 있습니다. 요즘 젊은이치고는 보기 드물게 근성이 있어요. 게다가 효자라 늘 부모님을 걱정하고, 입으로는 이런저런 얘기를 하면서도 뒤에서는 부모님의 뜻에 따라 행동하려고 하는 게 귀여울 지경입니다. 그렇게 부모님 생각을 하는 청년도 드물어요. 분명 앞으로 일본의 연극계를 대표하는 인물이 될 겁니다."

이렇게 말하자 부모님은 내심 싱글벙글하면서 "아닙니다, 하지만 못난 자식이라 지난번에도……." 이렇게 말을 꺼내기에 제가 선수를 쳐서 "아뇨, 그 얘기도 알고 있습니다. 어떻게 아는가 하면, 가라 미쓰코 양이 제 제자이다 보니 가족끼리도 친밀히 지내고 집안 사정도 잘 압니다. 다케루 군도 미쓰코 양을 통해 알게 되었고, 제가 어쩌다 근처 N시에서 강연을 의뢰받아 댁에도 방문한 건데, 겸사 겸사라고 말하면 실례겠지만 필히 부모님을 만나 사정을 말씀드려야겠다고 생각하게 된 겁니다. 미쓰코 씨는 어린 시절부터 잘 아는데 정말 맘씨 곱고 얌전하며 가정적인 여성입니다만, 나쁜 버릇은 감정을 드러내지 않는 것이라 일견 태연해 보이는게 현대 여성 같으면서도 사실은 정열을 속에 감추고서 매사를 냉정하고 착실하게 판단하며 일을 그르치지 않는 훌륭한 재원입니다. 학문, 교양은 물론 요리도 잘해서 요전에 부모님께 상경하셨을 때는 손수 만든 요리를 대접해드리겠다며 기대하고 있었는데 바로 자리를 뜨셔서, 몹시 슬퍼하며제게 상담하러 왔습니다."

그리고 저는 임신 중인 아이에 대해 언급하지 않고 당신의 상냥한 마음을 증명하는 에피소드를 차례로, 파노라마식으로 나열하고 임신에 책임이 있는 사람이 다케루 군이라고 말하면 부모님이 딱딱하게 나올 게 뻔하니 혼전 교섭에 대해 상대가 무언가 비난조의 말을 하기 시작하면 그때 가서 반격을 하기로 했습니다.

이윽고 "선생님, 말씀은 잘 알겠습니다만 그 아가씨가 아들놈을 유혹해서 저기 그, 그, 그, 아이까지 가졌다거나 그런 식으로 된 거 아닐까요?" 아버님이 이렇게 말을 꺼냈기에 저는 이때다 싶어 "말도 안 됩니다. 결코 남자를 유혹하는 불량한 아가씨가 아니며, 여자를 유혹하는 불량한 아드님도 아닙니다. 서로 너무 사랑한 나머지 저지른 실수였고, 그에 바로 결혼을 결심한 아드님의 남자다움은 오늘날 보기 드문 것입니다. 요즘 젊은이들 중엔 그럴 때 이런저런 핑계를 둘러대며 도망치는 비겁한 사람이 많은데, 아버님은 그런 비겁한 남자가 되라고 교육하셨습니까?"

"아뇨, 설마 그럴 리가요."

"그렇겠지요. 이쯤에서 아드님의 남자다움을 인정해주시는 게, 다케루 군이 한평생 남자로서의 자신감을 갖게 될지 어떨지를 결정하는 중요한 기로가 되지 않겠습니까. 그리고 미쓰코 씨의 인품에 대해서는 선생인 제가 보증합니다."

그날 밤에는 대접받은 시골 요리를 실컷 먹고, 기어코 저를 붙잡으시기에 하룻밤을 잤습니다. 이튿날 아침 다케루의 부모님은 제가 어젯밤 입에서 신물이 나도록 부탁한 편지를 고급 닥나무 종이에 먹으로 써서 건네주셨습니다. 부디 안심하십시오. 이 증명서에 대한 보답으로 키스라도 한 번 해주세요.

　《─호노오 다케루, 가라 미쓰코
　친권자로서 위 두 명의 결혼을 인정한다.
　×년 ×월 ×일 호노오 겐타로, 동同 리쓰코》

배신당한 여자가
격노하는 편지

고리 마마코가 야마 도비오에게 쓴 편지

당신의 비열한 배신은 모두 제 귀에 들어왔습니다.

뭐라고 변명하거나 얼버무려도 소용없습니다. 호노오 다케루가 크게 기뻐하며 마루 도라이치의 집으로 보고하러 가서는, 당신이 일부러 시골까지 가서 부모님을 설득해주었다고 이야기했다고 합니다. 정말 친절도 하셔라. 당신은 가라미쓰코와 함께 그녀의 부모님까지 만나 대학교 선생님이라는 거짓말까지 하도록 부탁받고, 양쪽 이야기의 앞뒤가 맞도록 꾸며내서는 끝내 '경사 났네, 경사 났어' 하는 대단원까지 만드셨다고요.

당신에게 그런 휴머니즘과 자비심이 있었다니 놀랍습니다. 아뇨, 당신은 결코 휴머니스트도 산부처도 아닙니다. 저는 그걸 잘 압니다.

당신은 약간 지저분하고 부도덕한 중년 남자이며 여자에게 잘 보이기 위해 콧수염을 기르고, 그 수염으로 간신히 디자이너 세계에서 남성을 일임하고 있는 불쌍하고 가련한, 위장이 약한 전신주잖아요.

아무리 소피스티케이션으로 포장한들 시골 하이칼라는 빤히 티가 나고, 어릴 적에는 생밤을 우적우적 씹었으면서 지금은 마롱글라세 같은 걸 드시죠. 똑바로 걸을 용기가 없어서 비좁은 가게 안을 무당게처럼 옆으로 뛰어다니며 "아이고, 사모님, 실례" 같은 소리를 하면서 욕구불만 할머니 손님의 어깨에 일부러 살짝 부딪히기도 하고요. 나이도 먹을 만큼 먹어서 하는 짓은 정신적인 남자 첩에 지나지 않고, 처음부터 디자이너를 할 만한 재능 따위는 요만큼도 없는 주제에 말도 얄밉게 잘 하고 수완도 얄밉게 좋아서 껑충 뛰어오른, 디자이너계의 밉상이잖아요.

그런 당신의 마음속에 있는 건 남의 행복을 질투하거나 약자를 괴롭히며 즐거워하는 짓궂은 영혼이며, 그런 당신이 갑자기 자선사업이라도 하면 모두가 뒤집어져서 웃을 뿐입니다. 대개 디자이너란 다른 면에서는 전부 무능하더라도 사람들에게 제각기 어떤 양복이 어울릴지 아는 센스 정도는 있을 터인데, 당신은 이제 자신에게 어떤 옷이 어울리는지도 모르는군요. 그건 그냥 노망이에요.

그런 당신이 저를 배신하고, 수치를 무릅쓴 저의 부탁을 짓밟고서 휴머니스트의 얼굴을 하고 젊은 두 사람을 이어주었다는 게, 정말 위선적이라 구역질이 납니다.

제게 어떤 원한이 있는지는 모르겠지만 이제껏 둘도 없는 친구라고 생각하며 지내온 제가 바보였어요. 적어도 비슷할 정도로 함께 '나쁜 사람'이라고 생각하며 지내온 제가 보는 눈이 없었네요. 당신은 저보다 열 배는 더 나쁜 사람, 다시 말해 휴머니스트였던 거죠.

이제 두 젊은이들 사이를 어떻게 깨뜨린들 소용이 없고, 저는 오늘부로 호노오 다케루와 가라 미쓰코에 대해서는 깨끗이 잊고 그저 오로지 당신만을 계속 증오, 아니, 증오하기도 아깝네요. 경멸할 겁니다. 앞으로 평생 저와 엮이지 마시길 바랍니다. 비열한 변절자 님.

야마 도비오가 고리 마마코에게 쓴 편지

모처럼 아름다운 당신의 성인 '고리米'가 갑자기 열화와 같은 화에 녹아서 그냥 물도 아니고 따뜻한 물이 되어 놀랐습니다. 하지만 뭐라 매도한들 저는 딱히 화도 안 납니다. 그 대신 사과도 안 할 겁니다.

솔직히 말하자면 저는 당신께 사과할만한 이유 따위 전

혀 없습니다. 당신을 배신할 마음이 든 것도 사실 당신 때문이며, 제게 배신당한 건 당신이 저질러온 일들을 생각하면 자업자득입니다.

무슨 말인가 하면 '호노오 다케루를 함정에 빠뜨리는 편지를 쓴 사람은 사실 나'라고 고백하는 당신의 편지를 읽었을 때, 제 안에서 무언가 정말 불쾌한 느낌이 고개를 쳐들었습니다. 상당히 오랜 시간을 알아왔지만, 이때 비로소 저는 당신의 '진실의 목소리'라고 할법한 것을 접했으니까요.

당신이 진실을 토로합니다. 당신이 부끄러움도 평판도 개의치 않고 남에게 '진심'을 보입니다. 아아, 그건 정말 불쾌한 일입니다. 견딜 수 없는 일입니다. 모처럼 우리는 새빨간 거짓말투성이의 관계를 즐기며 촌스러운 진실 따위에 마음을 어지럽히지 않도록 서로 신경 써왔잖아요.

그런데 이게 대체 뭡니까. 당신이 진짜 사랑을 고백하다니. 그것도 그런 호리병박 끝물 같이 생긴 신극 애송이를 사랑하다니. 게다가 그걸 남에게 고백하다니. 그것도 하필이면 저한테 고백하다니요. 그건 모든 게 다 끝장이라는 얘깁니다.

그 순간 저는 퍼뜩 깨달았습니다.

저는 질투했던 것입니다.

이 중년의, 그 무엇에도 흔들리지 않는다고 생각했던 완벽한 시골 하이칼라인, 이 멋지고 세련된 제가 질투를 했던 겁니다.

이게 무슨 일인가요. 저는 뜻밖의 일에 놀랐습니다. 그리고 질투했던 자신을 자세히 지켜보는 건 몹시 못생기게 찍힌 자신의 그로테스크한 사진을 들여다보는 것보다도 괴로운데, 억지로 자신을 거스르며 지켜 보다가 저는 이제껏 깨닫지 못했던 제 마음의 방향을 깨달았습니다. 무려 제가 당신을 사랑하는 것 같다는 겁니다.

이렇게 어처구니없는 일이 있을 수 있을까요. 그렇게 히스테리를 부리는 반 할머니를(미안합니다). 그렇게 오랫동안 그냥 친구로 지내왔고 심술궂은 우정을 함께 지피며 추잡스런 기분 따위 한 번도 느껴본 적 없는 사이였는데. 그 상류층인 척하는, 사교계에서 잘 나가는 부인인 척하는 영어 회화 할머니에게(미안합니다) 반하다니, 이것 참 스스로도 용납이 안 되는 일입니다. 하지만 사랑은 사랑, 질투는 질투입니다. 아무리 부정한들 그건 유리 주발 속 금붕어처럼 확실히 보이는 감정입니다.

저는 곧바로 결심을 굳히고서 스스로의 감정이 시키는 대로 행동할 결심을 했습니다. 이건 이제껏 제가 가장 소중히 여겨온 삶의 방식인데, 자신의 감정을 배반하면 그 무엇도 성공할 수 없는 법입니다.

저는 곧바로 당신에게 달콤한 거짓 편지를 쓰고서 행동

은 정반대로 하고자 했고, 호노오 다케루 군을 그가 사랑하는 가라 미쓰코 양과 결정적으로 이어줌으로써 당신을 완전히 절망에 빠뜨리는 데 전력을 다하리라 결심했습니다.

꼴 좋네요. 이제 다케루 군은 당신의 마수에서 영원히 벗어나고 말았어요. 제가 아주 교묘하게 움직인 덕에 시골의 부모님은 두 사람의 결혼을 축복하고, 이제 두 젊은이는 시시한 중년 불량 마담 따위의 계략을 뛰어넘어 자유와 행복의 길로 나아가겠지요.

안됐지만 당신에게는 저밖에 없습니다. 포기하십시오. 그리고 조용한 심경으로 제 사랑을, 저의 고양이 다섯 마리와 함께 받아주세요. 사랑하는 마마코 님.

고리 마마코가 야마 도비오에게 쓴 편지

거짓말쟁이! 질투라고요? 애정이라고요? 뻔뻔한 거짓말도 정도껏 하세요. 저한테 이런 상처를 줘놓고 저를 사랑한다고요? 바보 녀석. 당신의 얼빠진 얼굴을 프라이팬으로 쳐주고 싶네.

영원히 절교해요. 안녕히.

한가한 사람의
한가한 편지

마루 도라이치가 가라 미쓰코에게 쓴 편지

호노오 군에게서 들었는데, 너 드디어 호노오 군네 부모님한테 결혼 허락을 받았다며?

축하해. 네 뱃속의 아이도 얼마나 기쁘겠어. 뱃속의 아이는 이제 얼마나 커졌어? 구리코 캐러멜 정도? 오믈렛 정도? 아니면 아기 고양이 정도?

텔레비전 광고 중에 임부복 같은 걸 입은 예쁜 여배우가 털실로 작은 양말 같은 걸 뜨다가 언뜻 이쪽을 보고 윙크를 하면 남자 목소리가 나오는 게 있거든.

'어머니와 미래의 아기를 위한 밝은 활력, 넘쳐흐르는 기운을 약속하는 모자母子 영양제 라란! 라란! 라란! 라란!'

이런 괴물 같은 이름의 약 광고를 보면 지금쯤 넌 어떻게 지낼까 하고 상상하게 돼.

그건 그렇고 홍위병 소동도 일단락된 모양이야. 하지만 컬러텔레비전도 없고 벽신문뿐이라니, 정말 야만적인 나라야. 그런 나라엔 죽어도 살고 싶지 않아. 벽신문은 무엇보다 읽기가 힘들어서. 다 글자잖아? 난 편지 쓰기는 좋아하지만 뉴스 같은 건 되도록 귀로 듣고 빨리 잊고 싶어.

텔레비전에서 가장 아름다운 건 역시 컬러 만화인데, 우주물의 아름다운 색채는 디즈니랜드랑 꼭 닮았거든. 근데 디즈니는 왜 죽었을까? 그렇게 어린이를 좋아하고 사회에 도움이 되는 일만 해온 훌륭한 사람이 왜 죽었을까? 설마 케네디 암살 사건과 관계가 있는 건 아니겠지?

이런 말을 하면 미친 사람 같지만 텔레비전만 보고 있으면 아무래도 전 세계에서 일어나는 일들이 모두 관계가 있는 듯한 기분이 들어. 텔레비전 앞에서 먹는 단밤은 중공中共에서 수입된 것일 테고, 네 임신도 생각지 못한 부분에서 세계 정세와 관련이 있을지도 몰라.

어린이 프로그램 광고에서

'빨간, 빨간, 빨간

맛있는 빨간 사탕 루즈

언니의 입술을

살짝 빌려 날름 핥고

맛있는 입술 사탕 루즈'

라고 하는 것도 어쩌면 공산주의 선전일지도 몰라. 조심해야만 해.

그건 그렇고 너무 큰 문제에 깊이 들어갔으니 문제를 친근한 데로 끌고 와보자. 네 결혼문제, 아니 연애문제 그 자체가 완벽하게 평화롭고 조용하던 내 생활 주변에 폭풍우를 일으켜서 정말 힘들었어.

이런저런 일로 나도 의심을 사거나 악역이 되기도 하고, 한때 네 미움을 받기도 해서 세상이 죄다 싫어졌고, 그래서 더욱더 텔레비전만 보며 지냈어. 그러다 나도 멋진 아가씨를 만나 결혼을 해볼까 싶어졌는데 그러려면 이것저것 해야 하는 게 귀찮아서 말이지. 어째서 우유배달부가 우유병을 놓고 가는 것처럼 신부를 배달해 주지는 않는 걸까?

여자란 만나면 어쩐지 깔깔 웃기만 하거나 그게 아니면 히스테리를 부리거나, 둘 중 하나라서 싫고 내가 피곤해져. 늘 텔레비전 앞이 그리워져. 그렇다고 내가 인기가 없다고 생각하면 큰 착각인 게, 요즘 생긴 엄청난 펜팔 친구의 편지를 보여줄게.

얼마 전에 내 사진을 꼭 보고 싶다고 하기에, 간다神田에 옛날 영화 스틸 사진을 많이 파는 가게가 있는데 거기 가서 되도록 얼굴이 화면 가득 나온 현대 일본영화의 스틸 사진을 사가지고 와서 뒤쪽에 있던, 꽤 미남이면서 이름도 얼굴도 전혀 알려지지 않은 배우의 사진을 잘라서 보냈어.

물론 내 사진을 보내도 되겠지만 사진사가 나를 찍을 때 이상하게 주눅이 드는지 아무리 해도 사진이 잘 나오질 않아. 이렇게 못 찍은, 나랑은 하나도 안 닮은 사진을 보낼 정도라면 남의 사진을 보내도 마찬가지라고 생각한 거야.

그랬더니 좋아하더라고. 바로 답장이 왔어. 내가 얼마나 인기가 많은지 일단 읽어봐…….

마루 도라이치 님.

이름만 보고서 만담가 같은 분인가 했던 제 예상은 보기 좋게 빗나갔습니다. 이렇게 야무지게 생긴, 도회풍의 잘생긴 청년일 거라고는 생각지 못했습니다. 약간 야쿠자 같은 점이 마음에 걸리지만 그게 오히려 더 매력적입니다.(도라이치 왈. 당연하지, 깡패영화 스틸 사진인데.)

저는 당신의 사진을 베개 밑에 몰래 깔고 잡니다.

그러면 당신 꿈을 꿔요. 어젯밤에도 도라이치 씨가 나와서 "어이, 어서 준비해. 도쿄에서부터 데리러 왔다고." 이런 말을 하면서 세련된 트렌치코트 차림으로 성큼성큼 제 방으로 들어와 제 어깨에 손을 올리고 갑자기 키스를 하기도 했거든요. 너무해요, 도라이치 씨. 아무리 꿈속이라 한들 순진한 처녀에게 갑자기 키스를 하다니.(하지만 아주 로맨틱했어요.)

제 근황을 알려드릴까요?

저희 아버지는 재봉틀 세일즈맨인데 집에 견본 재봉틀을 가져와서 그걸로 엄마가 부업을 하고, 제가 엄마의 수예품이나 아동복 같은 걸 저희 회사 공제조합에 납품하는 상부상조 일가족이라 아버지와 어머니, 저 모두 평등하고 서로 "어이, 이봐." 같은 말을 씁니다.(도라이치 씨도 저랑 결혼하면 "어이, 이봐." 같은 말을 들을 거예요. 그게 무서워서 결혼이 딱 질색이라고요? 울어버릴 거예요.)

펜팔 친구를 점점 더 늘려서 영어도 공부하고 세계 각국에 펜팔 친구를 만드는 게 제 꿈입니다. 일본 대표는 도라이치 씨 한 명으로 해줄까요? 그것도 앞으로의 태도에 달렸지만.

저희 집 카나리아가 짹짹 울고 봄이 왔습니다.

말은 이렇게 해도 카나리아는 늘 우니까 특별한 일은 아닙니다.

이 도시의 벚꽃은 정말 예뻐요. 벚꽃축제 때가 되면 밤 벚꽃이 전등 불빛에 빛나고 성의 돌담과 천수각도 조명을 받아 텔레비전 세트장 같아집니다. 오신다면 꼭 벚꽃축제 때 오세요. 함께 산책하면서 솜사탕 같은 걸 사먹으며 다니면 멋질 거예요.

……………………. 이 편지를 읽었더니 갑자기 그 솜사탕

이 몹시 먹고 싶어졌어. 그걸 천천히 먹으면서 텔레비전을 보고 싶은데, 이 근처에서는 파는 데가 떠오르질 않아.

다음 번에 만날 때는 꼭 솜사탕을 선물로 사다 줘. 부탁해. 다케루 군한테도 그 얘기를 꼭 전해줘.

결혼과 신혼을
보고하는 편지

호노오 다케루·가라 미쓰코가
야마 도비오에게 쓴 편지

이번 대안大安 길일을 기하여 저희가 결혼을 합니다. 인쇄된 안내장만 드려서는 정이 없으니, 특별히 신세를 진 야마 님께는 저희의 편지를 덧붙여 참석을 부탁드리고자 합니다.

안내장에 있듯 회비는 천오백 엔입니다만, 대신 축하선물은 필요 없습니다. 아무리 그래도 주고 싶으시다면 받겠습니다. 요즘 유행하는 온장고라는 게(다케루가 연극 일로 어쩌다 늦게 귀가해서 야식을 먹기도 하니까) 있으면 정말 편리할 것 같은데, 딱히 없어도 상관은 없습니다.

저희 둘은 이제 미래를 향해 씩씩하게 전진해 나갈 것입니다. 저희들의 앞길을 가로막는 것은 아무것도 없습니다. 인류 사회의 낡고 추한 것은 죄다 뒤로 버려지고, 저희 앞에는 인류애가 넘치는 새로운 사회의 서광이 지평선상에 희미하게 징조를 보이고 있습니다.

예술을 완성하고 예술의 자유를 증명하는 자야말로 인민의 손에 세워지는 미래사회 그 자체입니다. 말기 자본주의적 퇴폐는 예술을 무한히 붕괴시키고, 그 자유를 파시스트(예를 들어 미시마 유키오 같은 남자)의 손에 팔아 넘기는 데 말고는 도움이 안 될 것입니다. 우리들의 미래 만세!

마루 도라이치가 고리 마마코에게 쓴 편지

보나 마나 당신께서는 다케루·미쓰코의 결혼식에 초대받지 못했을 것이고 초대받았다 한들 가실 리 없을 테니, 제가 대신 천오백 엔의 회비를 내고 다녀왔기에 그날의 일을 보고해 드립니다. 물론 이건 당신의 스파이로 잠입한 것이니 천오백 엔은 조사비로 청구합니다. 이 편지가 닿는 대로 보내주십시오.

텔레비전 결혼식*이라도 하면 공짜로 끝나는 걸, 다케루도 남들처럼 허영을 부리며 피로연 같은 걸 하고 심지어 회비를 받는다니 정말 깍쟁이가 따로 없습니다.

---

* 일본에서는 텔레비전 보급기였던 1958년을 전후로 〈텔레비전 결혼식〉, 〈여기에 행복이 있길〉 등 실제 결혼식을 소재로 하는 예능 프로그램이 유행했다.

장소는 신주쿠의 어떤 거대한 중식당 3층이었고 무대가 있는 큰 방이었는데, 정말 저속한 데를 골랐더군요. 하긴 뒤에서 말하겠지만, 그 무대는 잘 활용하긴 했지만요.

다케루는 평소의 사상과 어울리지 않는 가문의 문장이 들어간 하카마* 차림, 미쓰코는 그에 맞춘 건지 분킨다카시마다**에 하얀 우치카케***. 그런 사람들이 번드르한 중식당에 앉으니 라면 사발에 회가 담겨 나온 느낌이었습니다. 아무리 그래도 연극을 한다는 사람이 그렇게 해도 되는 걸까요?

우선 사회자의 인사가 있었는데, 그 사람이 늘 텔레비전으로 보는 도쿄타워 군****이라 저는 반가웠습니다.

"이 두 사람은, 오늘 대체 왜 이러는 거죠?"

이렇게 신랑신부를 놀리면서 사회를 봐서 손님들은 모두 아주 즐거워 했습니다. 다케루와 미쓰코는 둘 다 얌전한 얼굴로 있었는데, 이 신부가 임신을 했다고 생각하니 저는 그게 견딜 수 없이 우스웠습니다.

신극新劇 분야에서 유명한 연출가인 주례 분이 인사말로 중국을 치켜세우는 듯한 이야기를 했는데, 홍위병과 결혼이

---

* 일본의 남자 예복
** 일본 전통혼례에서 하는 여성의 머리 모양
*** 일본의 여자 예복
**** 이 소설의 연재 당시 도쿄타워에 위치한 위성스튜디오에서 생방송으로 진행하던 인기 프로그램 〈타워 버라이어티〉의 진행자였던 만담가 하야시야 산페이林家三平(1925~1980)를 말하는 것으로 보인다.

무슨 상관일까요.

이 사람은 유명한 사람이라는데, 소문에는 텔레비전을 싫어해서 텔레비전 연출은 맡은 적이 없다고 합니다. 저는 요즘 세상에 텔레비전을 경멸하는 사람은 싫다는 생각이 들었습니다. 공기를 마시며 사는 주제에 공기를 욕하는 것과 마찬가지 아닙니까.

그리고 뒤풀이가 있었는데 그게 정말 유쾌했습니다. 다케루의 극단 사람들이 장기인 연극 같은 걸 하면서, 다케루와 미쓰코의 만남부터 로맨스를 전부 엄청난 희극으로 만들어 연기했습니다.

'아타미熱海 해안을 산책하는 다케루·미쓰코 한 쌍'

이렇게 가사를 바꾼 노래를 배경으로 둘의 역할을 맡은 연기자가 나와서 "이 달, 이 밤의 달에 구름이 끼게 하겠어."* 같은 대사를 하더니, 달 로켓 역할을 맡은 아이가 나와서 "핵실험은 안 됩니다. 평화롭게 이용합시다." 같은 대사를 하는 등 엉망진창이었는데, 텔레비전에서도 좀처럼 보기 드문 재미있는 소동극이었습니다.

---

* 1897년~1902년에 걸쳐 요미우리신문에 연재되고 1920년대 이후 영화·드라마로도 여러 차례 만들어져 큰 인기를 끈 오자키 고요의 소설 『금색야차金色夜叉』에 나오는 유명한 대사. 남자 주인공 간이치가 자신을 버리고 다른 남자를 택한 연인 미야를 원망하며, 1년 뒤 같은 날 같은 시간에도 여전히 오늘처럼 울고 있을 거라고 생각해달라는 뜻으로 한 말이다.

편지교실

마지막에는 신랑 신부가 무대 위로 억지로 끌려 나와 경찰 아저씨에게 붙잡혀서 "경찰법에 따라 내 앞에서 키스할 것을 명한다." 같은 소리를 듣고 어쩔 수 없이 키스를 하자 손님들은 큰 박수, 큰 갈채. 저는 이렇게 파렴치한 결혼식은 처음이었습니다. 그런 데서 뻔뻔스레 키스 같은 걸 할 수 있다니요.

정말이지 그걸 보는 제 얼굴이 새빨개졌습니다. 그 뒤로는 어쩐지 모두 술에 취해서 이상한 노래를 불러대기도 했고, 저는 텔레비전의 미드나잇 쇼 중에 보고 싶은 프로그램이 있어서 서둘러 그곳을 떠났습니다.

이상, 보고 드립니다.

호노오 다케루가 야마 도비오에게 쓴 편지

미쓰코가 몸조심을 해야 해서, 아쉽지만 신혼여행은 의사의 권유대로 그만두고 저희는 시내의 호텔에서 사흘을 보내고 있습니다.

선생님, 저희만큼 행복한 한 쌍이 지상에 있을까요? 선생님이니까 모든 걸 거리낌 없이 말씀드립니다만 지금 미쓰코의 몸은 너무 난폭한 애정을 견딜 수도 없고, 너무 빈번한 방문을 견딜 수도 없습니다. 그러니 신혼 초라고 해도 저희는 오히려 서로 조심스레 사랑하고 있습니다.

그래서 오히려 저는 미쓰코와 둘이서 눈빛을 주고받는 것만으로 끊임없이 현기증이 나는 듯한 행복에 취해있다고 말하면 이해하실까요? 정신적인 것이 관능적인 것과 딱 일치해서, 격렬한 사랑이 조용한 사랑과 융화한 듯한 이 상태야말로 연애의 최고 경지가 아닐까 싶습니다.

저는 그녀의 아름답고 따스한 하얀 배에 귀를 대고 "이것 봐, 이것 봐, 움직이지."라는 목소리의 꾐에 이끌려 새로운 생명의 징조에 가만히 귀를 기울입니다. 움직이는 건 기분 탓일지도 모르지만 들려오는 아득한 울림, 마치 밤바다 저 먼 곳의 등대에서 깜빡이는 불빛 같은 생명의 점멸도 확실히는 알 수 없지만, 평소보다 뜨거운 그녀의 배 아래에 우리 둘의 생명의 기념이 남몰래 준비되고 있다는 생각을 하면 저는 알 수 없는 감격에 가슴의 떨림이 멎지 않습니다.

저희의 생활에는 많은 어려움이 있겠지만, 어떤 고생에도 굴하지 않고 아름답고 건강한 생활을 해나가자고 결심했습니다.

제가 만든 시.

'성^聖 가족'
엄마인 그녀와 아내인 그녀와

아빠인 나와 남편인 나와

남자인 나와 여자인 그녀

모두가 동시에 같은 곳에

바야흐로 태어나, 하나의 구도를

맑은 빛 아래 그렸다.

태양인 나와 달인 그녀와 별인 우리 아이,

우주는 그걸로 충분,

천사는 문을 닫고서 입에 살며시 손을 대며

동료 천사에게 속삭였다.

조용히 하세요, 저 아이가 깨지 않도록.

모든 것을 포기한
여자의 편지

고리 마마코가 마루 도라이치에게 쓴 편지

당신은 이런 상황에 정말 좋은 친구네요. 만약 당신이 조금 더 영리했다면 제가 이렇게 솔직해지지는 못했을 겁니다. 당신이 영리한 위로를 해준다면 저는 당신에게 저의 불행한 기분을 다 드러낼 수가 없을 것입니다.

또한 당신이 조금 더 바보라면 제 말을 이해할 수도 없을 테니 벽을 보고 이야기를 하는 편이 나을 것입니다. 당신은 정말이지, 딱 좋을 정도로 바보이자 똘똘이예요.

대개 머리가 좋은 친구를 찾는 사람들은 정말 머리가 나쁜 사람들이에요. 마음을 다 털어놓고 안심할 수 있는 상대는 그로 인해 비로소 균형이 잡혔다는 느낌이 드는 친구일 것입니다.

이게 무슨 말인가 하면, 머리가 좋은 친구는 평소에 머리로 우월감을 느끼는 상황에서 그런 고백을 듣고 감정적으로도 우월감을 느낄 테지만, 머리가 나쁜 친구라면 평소의 지적 열등감을 감정의 우월감으로 보충했다는 생각에 기뻐할 것입니다. 기뻐하면서 진짜로, 진심으로 친절을 다할 것입니다. 그런 친구가 중요한 겁니다.

그러니 당신은 이 편지를 읽고서 저에 대해 엄청난 감정의 우월감을 느껴도 됩니다. 당신은 물론 그렇게 할 수 있습니다. 왜냐하면 당신에겐 텔레비전이라는 완벽하게 안전한 연인밖에 없으니까요.

어처구니없고 괴상했던 다케루의 결혼식 상황을 모조리 알려줘서 고마워요. 저는 그걸 읽고서 모든 것을 포기했습니다. 조용히, 물 같은 체념이 제 마음에 스며들었습니다. 그걸로 됐어요. 슬픔도 없고 분노도 없습니다. 그런가 하면 기쁨도 없고 안심도 없어요. 어쩐지 마음이 원래는 커다란 흰 종이였는데 종이공예 장인이 멋지게 가위질을 하고 난 후에 들쭉날쭉한 테두리만 남은 느낌이에요.

다케루는 제게 많은 고민을 안겨주었지만, 그에겐 고민을 하게 만들 생각이 없었으니 아무런 책임이 없을지도 모릅니다. 그렇다면 제게도 할 말이 있습니다. 저도 스스로는 잘못한 게 아무것도 없는데 피해자의 입장에 서게 된 거고, 다케루가 이 세상에 있어서 괴롭고 불쾌한 마음을 잔뜩 맛보게 된 거니까요.

사랑은 즐거운 게 아니고 병입니다. 불쾌하고, 때로는 어두운 발작이 생기는 음침한 만성질환입니다. 사랑이 삶의 보람이라고 말하는 사람이 있지만, 말도 안 되는 소리이며 나쁜 계략이 훨씬 더 큰 보람을 느끼게 해줍니다. 사랑이 즐겁다는 소리를 하는 사람은 분명 아주 둔감한 사람이겠죠.

저는 이제 앞으로 두 번 다시 그런 일을 겪고 싶지 않습니다. 당신에게 텔레비전 자금을 보태주고서 기뻐하는 당신의 얼굴을 봤을 때, 저는 묘하게 기뻐서 그런 경험이라면 인생에서 몇 번을 겪어도 되겠다는 생각을 했습니다. 당신에게 감정은 하나도 주지 않고 돈만 준 거였는데, 오히려 그 대가로 기쁜 감정을 받을 수 있었으니까요. 그 반대인 일은 해도 소용이 없어요.

앞으로는 저도 다케루 같은 사람은 잊고 분수에 맞게, 즐겁게 반평생을 보내겠어요. 공교롭게도 당신처럼 단순한 두뇌를 타고나지는 못했으니 텔레비전만 즐길 수 있는 경지에 이르지는 못하겠지만, 생각해보면 당신은 단순하기는커녕 아주 현명한 사람일지도 모릅니다.

이 세상 모든 것이 브라운관 속 환영이라고 생각한다면, 그리고 베트남 전쟁이든 살인이든 조금만 손을 대도 난로만큼 뜨거운 그 볼록 유리에서 바깥으로는 결코 튀어나올 수 없다는 걸 안다면, 인생을 편히 살 수 있고 인생 모든 것이 낙이 될지도 모릅니다. 하지만 같은 텔레비전 프로그램을 보더라도 시청률이 낮고 어려운 프로그램보다는 시청률이 높고 인기 있는 프로그램만 보려는 마음가짐이 가장 중요하겠죠.

그건 그렇고 야마 도비오는 어쩜 그렇게 짜증나는 남자일까요. 떠올리기만 해도 신물이 납니다. 그 사람을 만날 기회가 있으면 제 대신 침을 뱉어 주세요.

다음에 또 쇼트케이크를 대접해 드리지요. 안녕히.

마루 도라이치가 야마 도비오에게 쓴 편지

고리 마마코 여사님으로부터 최근에 편지를 받았습니다만, 거기에 '야마 도비오는 어쩜 그렇게 짜증나는 남자일까요. 떠올리기만 해도 신물이 납니다. 그 사람을 만날 기회가 있으면 제 대신 침을 뱉어 주세요.'라는 말이 있었는데, 최근엔 만날 기회도 전혀 없고 마마코 씨와 약속을 너무 뒤로 미루기도 뭐해서, 제 침을 적신 종이를 동봉해 두었습니다. 얼굴에라도 문질러두세요.

그런데 당신은 어쩌다 그렇게 마마코 여사님의 미움을 사게 된 걸까요. 전에는 사이가 꽤 좋았잖아요? 세상에는 이런

저런 일이 있는 법이니 낙담하지 말고 씩씩하게 사세요.

그나저나 제가 최근에 펜팔 친구에게서 청혼을 받았는데 골치가 아픕니다. 어떻게 하면 좋을지, 부디 함께 고민해 주세요.

일의 발단은 편지에 다른 사람의 사진을 동봉해서 그녀가 오해를 한 것인데, 꼭 만나고 싶다고 하니 어쩔 줄을 모르겠습니다. 만나면 거짓말이 탄로 나기 때문입니다. 물론 동봉한 사진 속 남자에 비해 저의 외모 수준이 떨어진다는 건 아니지만, 알랭 들롱에게 러브레터를 보냈다고 생각하는 여자가 상대를 실제로 만나보니 가야마 유조였다고 하면, 역시 화를 내지 않을까요?

요즘은 만나고 싶다고, 만나고 싶다고 매일 같이 편지가 와서 답장을 쓰기가 귀찮아졌습니다. 지방 소도시의 아가씨이니 쉽게 상경을 할 수도 없을 테지만, 혹시나 큰맘 먹고 갑자기 찾아오면 어쩌죠?

정중히 대접하고서 돌아가달라고 한다 치고, 땅콩 같은 걸 드시라 권한 뒤 함께 텔레비전을 보다가 "그럼 이만, 어서 돌아가 주십시오."라고 간단히 말할 수 있을까요? 어쩌면 사진의 저와는 다르다는 얘기를 둘 다 꺼내지 못한 채 그녀 입장에서는 사진 속의 제가 부재중이라 착각하고 "도라이치 씨가 돌아올 때까지 기다릴게요." 같은 말을 하면서 눌러

앉으면 어쩌죠? 저로서도 끝내 고백할 용기가 나지 않아서 계속 잠자코 함께 심야극장까지 텔레비전을 보다가, 집으로 돌아가는 기차도 끊겨서 그녀가 재워달라는 말을 꺼내면 어쩌죠?

겨우 이불을 깔고서 불을 껐는데, 잠이 안 와서 몇 번이나 뒤척이다 어둠 속에서 은쟁반에 옥구슬이 구르듯 아름다운 목소리가 들려오고 "도라이치 씨. 당신이 진짜 도라이치 씨라는 걸 바로 알아챘어. 그런데 당신이 시치미를 떼니까 나도 가만히 있었는데, 사진보다 몇 배는 더 리얼하고 멋져. 난 행복해. 사랑해." 같은 말을 하며 저를 껴안으면 어쩌죠?

편지교실

가정의 분란에 대해
푸념하는 편지

야마 도비오가 마루 도라이치에게 쓴 편지

당신은 정말 쓰레기통 같은 사람입니다. 무언가 불쾌한 일이 생기면 꼭 당신의 살찌고 별로 똑똑해 보이지 않는 얼굴을 저도 모르게 떠올립니다. 그러면 이 사람이라면 다 털어놓아도 별로 손해가 없을 거라는 생각이 듭니다. 이 사람이라면 멍하니 뭐든 받아들여줄 테고, 그게 아무리 중대한 비밀일지언정 이 사람의 입에서 다른 곳으로 새어나간다 한들 아무도 그걸 믿지 않고 코미디로 끝날 게 뻔하다는 생각이 들거든요.

게다가 이 사람이라면 나의 어떤 창피를 드러내 보여도 딱히 프라이드에 상처가 안 될 거라며 안심할 수 있습니다. 왜냐하면 당신은 비웃음을 사는 존재여도 비웃는 존재는 아니기 때문입니다. 이렇게 여러 조건을 검토하고 안심한 뒤,

내 마음속에서 나온 더러운 쓰레기를 그 쓰레기통 속으로 획 던져 넣고 그 뒤로는 다 잊어버리는 거죠.

그렇게 생각하니 당신의 얼굴이 더욱 쓰레기통처럼 보입니다. 하긴, 사실 당신의 얼굴은 모깃불을 피우는 돼지 모양 향로와 더 많이 닮았지만.

어때요, 이렇게 아무 말이나 들어도 당신은 딱히 프라이드에 상처를 입지 않았지요? 이제까지는 테스트이며, 당신이 진정 큰 인물인지 아닌지 시험해본 것뿐입니다.

당신이 여기까지 읽고서 화를 내지 않는다면, 당신은 틀림없이 사이고 다카모리* 이래로 가장 큰 인물입니다. 겉치레로 하는 말 같아 이런 얘기를 하기는 좀 그렇지만, 사실 당신과 가장 비슷하게 생긴 건 모깃불을 피우는 돼지 모양 향로보다도 사이고 다카모리입니다. 이런 큰 인물이라면 저도 안심하고 뭐든 털어놓을 수 있습니다.

사실 자질구레한 가정 내 분란 이야기인데, 이 갑갑한 일을 아무한테도 말하지 않고 마음속에 담아두면 건강에 안 좋다는 걸 잘 알기 때문입니다.

우리 집 마누라만큼 얌전한 여자는 드물지만, 그렇게 심지가 굳은 여자도 드뭅니다. 아내와의 불화는 새삼스러운

---

* 사이고 다카모리西鄕隆盛(1828~1877), 일본의 군인이자 정치가로 메이지 유신의 주역이다.

일이 아닙니다. 제 생활에 일절 간섭하지 않는다는 점에서, 다른 사람들이 보면 정말 이상적인 부인이라 하겠지요.

아내는 제 가게의 재봉공이었고, 제가 아내를 돌봐주다가 대단한 연애를 한 건 아니지만 이런 아가씨라면 가게도 안심하고 맡길 수 있고 나도 별로 간섭받을 우려가 없다는 생각에 결혼을 했습니다. 아이가 생기지 않는다는 것만 빼면 저의 '사람을 보는 눈'은 앞서 말한 두 가지 점에 있어서 대단했다고 자부합니다.

다시 말해 오늘에 이르기까지 가게의 경리와 예금은 모두 그녀가 관리하고 있고 틀린 것 하나 없으며, 한편으로는 제 생활에 대해서도 간섭한 적이 없습니다. 그러니 저도 참고 이대로 살면 이보다 더 좋을 게 없겠다는 생각이 들지 않는 것도 아닙니다. 그래도 세상사는 안전제일로만은 끝나지 않는 법입니다. 불길한 예감이 들기 시작하면 뭘 어찌해도 그만둘 수가 없습니다.

저는 디자이너로서 바쁜 생활을 하면서도 동시에 아가씨들도 부지런히 사귀고, 한편으로는 고양이도 다섯 마리나 기르며, 수집한 넥타이는 결국 오백 개가 넘어가니, 엄청나게 바쁩니다.

특히 넥타이는 소중한 컬렉션이라 생 로랑과 크리스찬 디올 등의 타이는 물론 이탈리아, 프랑스, 독일, 영국, 미국,

스페인, 태국, 네덜란드, 세계 각국의 넥타이를 일일이 투명한 봉투에 넣어 먼지 하나 묻지 않도록 보관하는 게 제 일이고, 고양이의 갖가지 요구를 들어주는 것도 제 일입니다. 아내에 비하면 무언가가 필요할 때만 어리광을 피우는 고양이들의 교태는 너무도 천진난만한 타산이 또렷해서 귀엽습니다.

남자는 딱히 훌륭한 인격의 여자를 원하지 않으며, 인간의 적나라한 악덕이 작고 귀여운 유리상자 안에 아담하게 담겨있는 걸 보는 편이 마음이 놓이기도 하고, 기분이 좋기도 하고, 귀엽기도 합니다. 그것이 남자의 사랑이 지닌 특징입니다.

각설하고 제 아내는 그런 점에서 지나치게 완벽하고, 지나치게 차갑습니다. 이제껏 "집에 일찍 들어와."라고 말한 적도 없고 "당신이 없어서 쓸쓸했어."라고 말한 적도 없습니다. 보고 있으면 비참해질 정도로 그녀는 늘 무슨 일에 열중하고 있고, 가끔 집에서 식사를 해도 식탁 위에 주판을 놓고서 "어디 보자. 어머 왜 이러지?" 이런 말을 하며 주판을 튕기기도 합니다.

"뭐야?" 하고 물으면 "아니, 아무 것도 아냐."라며 애매한 대답을 합니다.

밤 열 시에 외출을 해도 왜 나가는지 이런저런 억지 이유를 만들어낼 필요가 없다는 건 묘하게 삭막한 일입니다. 이렇게 긴 세월을 지내다가 저도 끝내 초조해져서 어떤 미소녀의 사진 뒷면에 '야마 도비오 님, 내가 가장 사랑하는'이라고 적어 놓은 걸 아내의 화장대 위에 일부러 떨어뜨려 두었는데, 그 후로 아무런 말도 없고 얼굴색 하나 바꾸지 않기에 어쩐지 섭섭해서 "어디서 사진 본 거 없어?"하고 물어봤는데 잘 모르겠다고 하고, 심지어 잘 모르겠다고 말하는 아내의 그 모습이 거짓 연기가 아니라 정말 생각해내려 애쓰는 듯하여 이러이러한 사진이라고 설명하자 겨우 한다는 말이 "아아, 그거? 쓰레기통에 버려버렸어."

"왜 버렸어?"

"진짜로 중요한 거라면 그런 데 떨어뜨릴 리가 없잖아." 그 말이 정곡이라 저는 어쩐지 기분이 나빠졌습니다. 제가 그 미소녀에게 이미 질렸다는 사실을, 아내의 말을 듣고서 깨달은 것이나 마찬가지였습니다.

이런저런 일이 몇 년 동안 계속 누적되어 서로 이야기를 해도 의미가 없다는 생각에 말도 섞지 않게 되었는데, 심지어 말 걸지 않기 내기에서도 제가 늘 집니다.

최근에 일어난 결정적인 일은 아내가 오랜 세월에 걸쳐 모은 딴 주머니가 방대한 금액이 되었다는 걸 알게된 것입니다. 경리 일에 관해서는 신뢰하고 있었는데, 제 아내가 속이 시커먼 생쥐였다니, 상상도 못한 일이었습니다.

제가 아내에게 "딴 주머니를 찬 게 잘못이라고는 하지 않을게. 오랜 세월 동안의 이자로 그 금액이 커졌다고 해서 내가 욕심을 내는 거라고 생각하지는 않았으면 해. 하지만 이런 금액을 내 눈과 세무서의 눈을 속이면서 부지런히 모아온 그 마음이 불쾌해."라고 말하자 "위자료를 아내가 미리 모아주었다고 생각하면 오히려 귀찮지 않으니 잘됐다며 기뻐할 줄 알았어."라고 말하니, 정말 기죽지 않는 대답입니다.

돈 문제로 분란이 일어나는 게 싫어서 가만히 있었는데, 얼마 뒤 아내가 자기 명의로 작은 아파트까지 샀다는 걸 알게 되었습니다. 남자가 있는지 알아보았지만, 남자는 없는 것 같습니다. 철저하게 물욕만 있는 여자인 겁니다.

저는 이렇게 된 이상 이혼을 해야겠다는 생각인데, 그렇게 되면 상대가 이런저런 물질적 요구를 더 해올 것 같아서 우울해하고 있습니다.

편지교실

이혼 소동을
둘러싼 편지

마루 도라이치가 고리 마마코에게 보낸 편지

저는 당신의 충실한 인포메이션 센터이니 다음과 같은 뉴스를 전합니다. 뉴스 서비스료로 텐진 단밤을 큰 봉지로 세 봉지(텔레비전 감상용) 청구합니다. 이제 뉴스를 전해드립니다.

야마 도비오 씨가 현재 이혼을 단행하려 하고 있습니다. 얼음과도 같은 물욕으로 일관하는 아내에게 정나미가 떨어진 것입니다. 이혼의 성립은 이미 확실해 보입니다.

고리 마마코가 마루 도라이치에게 쓴 엽서

당신도 참 바보군요. 야마 도비오 따위, 이름만 들어도 추잡스런 남자의 소식 같은 건 아무리 그 사람이 도쿄타워 꼭

대기에서 물구나무를 선다 한들 제게 알려줄 필요가 없어요. 단밤이라니 정말 어이가 없군요. 텔레비전을 보면서 바퀴벌레라도 잡아먹으면 어때요? 둘 다 검은 빛을 띠고 반들반들하니까요.

고리 마마코가 마루 도라이치에게 쓴 편지 (며칠 뒤)

체코슬로바키아 우표 중에서 보기 드문 걸 수중에 넣었는데, 우표수집가인 당신의 얼굴이 떠올라 보냅니다. 이마에라도 붙이고 즐겨주세요.

요전에는 미안했습니다. 감정에 휩쓸려 그런 엽서를 보내서. 물론 야마 도비오가 어찌됐건 저로선 알 바가 아니지만 뉴스는 뉴스, 그걸 알려주신 당신의 후의에는 순순히 감사해야 했습니다. 어쨌든 그 남자에게 딱히 관심은 없습니다만, 이혼 뉴스에 이어 또 새로운 전개가 있다면 알려주세요.

얼마 전 텔레비전을 보는데 당신과 꼭 닮은 얼굴의 젊은 만담가가 나와서 약간 귀여웠어요. 당신도 집에만 틀어박혀 있지 말고 적극적으로 돌아다니면, 인기가 너무 많아져서 감당할 수 없게 될지도 모릅니다.

　　　　　　　　　　　　　　　편지교실

마루 도라이치가 고리 마마코에게 쓴 편지

귀한 우표 감사합니다. 정말 친절하고 상냥한 분이군요.

야마 도비오 씨 댁에는 바로 탐방을 가보았습니다. 가게 쪽으로 들어갔는데 손님이 많아 엄청 붐벼서 시치미를 떼고 빠져나가다가 "어머, 소바 가게 분?" 이런 질문을 들었는데, 왜 저를 소바 가게 사람으로 생각하는 걸까요?

안쪽의 생활 공간은 가게에 비해 인기척 하나 없었고 그냥 고양이만 많다는 인상이었습니다. 가운을 입은 야마 도비오 씨가 나와서 "오오, 도라짱이네, 잘 왔어. 마침 잘됐다. 같이 밥 먹으러 갈까?" 이렇게 아주 친절하게 말했습니다.

"8시부터 〈인디언 순찰대〉를 하니까 그때까지는 집에 가야하지만 저녁 정도는 같이 먹을 수 있어요."하고 생색을 내주었습니다.

그리고 "가게는 괜찮은가요?"하고 묻자 "어, 뒤로 몰래 나가면 돼. 손님들한테는 오사카에 갔다고 말해두라고 시켰거든. 지금은 속이 상해서 일을 할 상황이 아냐. 그보다 도라짱, 뭐 먹고 싶어?" 이렇게 더욱 더 친절하게 말했습니다.

고양이 한 마리가 어슬렁어슬렁 제 무릎 위로 올라왔는데, 저는 솔직히 말해 고양이를 별로 좋아하지 않습니다. 꼬리 뿌리 쪽을 간지럽히자 발끈해서는 이빨을 드러내며 화를 내면서 제 얼굴에 엄청난 비린내가 풍기는 입냄새를 뿜고는 도망갔습니다.

부인의 모습은 가게에도, 집에도 전혀 보이지 않았습니다. 그러고 보니 집에서도 고급 가구 한두 개가 없어진 듯합니다. 저는 당신의 인포메이션 센터라는 사명이 있으니 그게 가장 중요하다는 생각에 단도직입적으로 "아내 분은?" 하고 물었습니다.

"어, 벌써 완전히 헤어졌어." 야마 도비오 씨는 전기면도기로 수염을 깎으며 대답했습니다.

"여기 없어요?"

"어, 이미 없어."

그러고 나서 나갈 준비를 시작했는데, 아마 넥타이를 고르는 거겠죠. 그 준비가 얼마나 오래 걸리던지! 저처럼 넥타이는 여름이고 겨울이고 하나로 정해두는 편이 스피드 시대에 적응한 거잖아요.

저와 함께 나가는 거니까 멋을 낼 필요 따위 전혀 없을 텐데, 한편으로는 더욱 돋보이고 싶은 거겠죠. 하지만 제게도 싱싱한 젊음이 있으니까요.

뭐든 사주겠다고 해서 제가 여러모로 생각한 끝에 멧돼지, 너구리, 사슴 따위를 먹어보고 싶어요, 아직 먹어본 적이 없어서요, 라고 말하자 료고쿠両国의 오래된 음식점으로 데려가 주셨습니다.

거기서 방으로 들어가 천천히 술을 마시기 시작했는데, 저는 어서 멧돼지와 너구리를 먹어보고 싶다는 초조한 마음에 도비오 씨의 수다가 귀에 들어오지도 않았습니다.

그러자 도비오 씨는 "저기 도라짱, 부탁이 하나 있는데."라고 말했습니다.

"뭡니까? 부탁하셔도 되지만 어려운 일이면 비싸요."

"저기 말이지, 사례는 충분히 할 테니 자네가 한번 중간에서 고리 마마코 여사와 화해를 주선해 주지 않겠는가? 난 여사의 진노를 사서 평생 용서받지 못할지도 모르지만 어떻게든 화해를 하고 싶거든. 그러려면 자네가 사이에서 도와주는 게 가장 좋을 것 같아.

나도 이렇게 되고 보니 마마코 여사를 잃은 게 크게 느껴져서, 아내를 잃은 타격과 비교해 보면 마마코 여사를 잃은 타격이 훨씬 더 크다는 걸 스스로도 잘 알거든. 난 이제 젊은 여자들한테도 넌더리가 났고 살림에 찌들어 볼품없는 아내도 지겨워. 이런 경우 인생에서 가장 중요한 게 뭐냐 하면, 바로 이성 친구들이지.

그 여자와 나만큼 마음이 맞는 한 쌍은 세상에 둘도 없을 텐데, 이런 콤비를 깨뜨리는 짓을 한 내가 나빴어. 하지만 그것도 그녀를 사랑하고 있다는 걸 깨달아서 한 일이라고 편

이혼 소동을 둘러싼 편지

251

지에도 썼는데, 그 여자는 이런 마음을 알아주지 않았고 그녀에게 절교하자는 편지를 받았어. 난 아무래도 마마코 여사를 잃고 나서야 진짜로 반해버린 것 같아."

저는 멧돼지와 너구리를 기다리며 건성으로 들었습니다만, 그저 사실만을 알려드립니다. 저는 어떻게 하면 좋을까요? 지시해 주십시오.

고리 마마코가 마루 도라이치에게 보낸 전보

뒈져버려

고리 마마코가 마루 도라이치에게 쓴 전보 (다음 날)

할 얘기가 있으니 곧장 올 것

나쁜 남자와
나쁜 여자의
화해 편지

고리 마마코가 마루 도라이치에게 쓴 편지

어제는 맡은 역할을 하느라 수고했어요.

당신이 화해의 중재인이 되다니, 이제껏 누가 상상이나 했을까요. 이제 와서 생각해보면 당신에게는 천진난만한 큐피* 같은 데가 있어요. 당신이 날개를 길러 날고 있으면 누구든 당신에게 매혹될 거예요. 그 밉살스런 야마 도비오도 어제는 얌전히 무릎을 꿇고 용서를 빌기도 했으니, 제가 참 사람이 좋은 건지 결국 용서해주자는 마음이 들었습니다. 또한 당신이 "두 분 다 본심은 훌륭한 레이디 앤 젠틀맨이니 이제 기분 좋게 모든 것을 물로 흘려 보내고 손을 씻어주세요." 이런 말도 안 되는 소리를 했으니까요. '손을 잡아주세

* 큐피드를 본뜬 아기 캐릭터. 마요네즈 상표로 유명하다.

요'를 잘못 말한 거죠? 그렇게 말하면 모든 게 화장실 이야기가 되어버려요. 덕분에 웃음을 터뜨리고 긴장이 풀려서 다행인 거겠죠. 생각해보면 야마 도비오로서도 앞으로의 인생에 서로가 꼭 필요하다는 걸 절실히 깨달았을 거예요. 유유상종, 저와 야마짱은 역시 잘 어울리는 사이인 거죠.

당신에게 불만이 하나 있는데, 중재 역할은 다 끝났다는 걸 확인하면 잽싸게 물러나야 영리한 겁니다. 근데 그게 뭐예요. 계속 먹고 또 먹기만 하다가 제가 "오늘은 도라이치 군, 뭐든 좋을 대로 해." 이렇게 이야기했더니 텔레비전을 음식점 방으로 가져오게 하고선 컬러가 아니라고 투덜거리고, 그러면서도 요란한 서부극을 함께 봐야 했던 탓에 전 야마짱과 눈을 마주치며 어쩔 줄을 몰랐다고요.

그러다 당신이 아무래도 집에 있는 텔레비전이 더 좋다면서 집에 가고 싶어해서 음식점 앞에서 헤어지고, 전 야마짱과 어디 조용한 데서 술을 마시자고 서로 얘기한 후에 롯폰기六本木의 작은 바에 갔습니다. 저는 그 바의 푹신한 보라색 의자를 보고 기분이 좋았어요. 왜냐하면 전 보라색 옷을 입고 있었고, 그 농염함이 의자와 아주 잘 어울렸거든요.

"호오. 놀라운 색채 설계네. 정말 엘리건트하군. 이 가게의 의자 색을 알고서 여기에 온 거지?"

"어머 까먹고 있었는데."

"잠재의식에 남아있던 거야. 그리고 전에 왔을 때 이렇게 생각했겠지. 언젠가 야마짱이랑 둘이서 여기 오고 싶다고."

"이런, 왕자병."

이렇게 같잖은 대화를 주고받는 것도 오랜만이었고, 그 사람의 예민한 미적 센스는 역시 대단하다고 생각했습니다. 그럼 또 놀러 오세요. 이번에 영어학원에 예쁜 아가씨 한 명이 들어왔으니 보러 오세요, 소개시켜줄게요.

야마 도비오가 마루 도라이치에게 쓴 편지

당신의 조력으로 마마코 여사를 만난 후, 벌써 세 번을 연이어 만났습니다. 연인으로서 마마코 여사는 꽤 훌륭합니다. 그녀가 그렇게 본모습을 다 드러내기보다 치장을 하고서 잘난 척하는 게 얼마나 매력적인지도 알게 되었습니다.

생각해보면 이상한 관계인 게, 보통은 잘난 척하는 여성과 연애를 하기 시작한 후에 서서히 본성을 발견해나가는데 마마코 여사의 경우는 오랜 시간을 탁 터놓고 숨김없이, 성性을 의식하지 않는 친구로서 교제를 이어가면서 서로 자기타입이 아니라고 굳게 믿으며 서로의 장점 또한 다 꿰뚫어 보고 있었습니다. 악녀인 척하는 그녀도 한 번 히스테리를 부리면 엄청나지만 본성은 선량한 여자라는 걸, 저는 이미 아주 잘 알고 있었습니다.

그런 걸 서로 잘 아는 상태에서 이번에는 새로이 연인처럼 교제해보니 생각지 못한 신선함에 놀라게 됩니다. 그녀는 멋을 내는 데 더욱 공을 들이고 미용체조에도 노력을 쏟아서 늘 최상의 컨디션으로 제 앞에 나타납니다.

젊은 여자도 좋지만 저는 이렇게 일본에서는 보기 드문 소피스티케이티드한 중년 미인을 데리고 다니면 뿌듯함을 느낍니다. 모든 사람들이 뒤돌아보고 저는 그녀에게 입힐 옷 디자인에 대해 연이어 영감을 얻었습니다.

그녀는 양장이 잘 어울리는 체형이니 그녀에게 어울리는 디자인이 모두 일본 중년 여성에게 어울린다고는 할 수 없습니다. 하지만 그게 제게는 잘된 일이라, 그녀가 가게에 올 때마다 다른 볼품없는 아주머니들이 부러운 듯한 눈초리로 보면서 "저기 선생님, 저런 분위기의 옷을 지어주시겠어요? 물론 똑같은 건 싫지만."

"네. 생각해보지요. 손님께는 좀 더 수수한 모양이 어울릴 것 같은데, 그 대신 옷감을 화려하게 하고요."

"좋아요, 선생님."

이런 느낌으로 장사도 잘 되어 눈알이 튀어나올 정도의 디자인료를 벌어줍니다.

마마코 여사는 가게 점원들에게도 무척 인기가 많습니다.

그렇게 여장부 기질에 돈도 잘 쓰고, 심지어 영어 학원을 그렇게 키운 경영 수완도 있으니까요.

아 참, 그 얘기를 하니까 생각나는데 마마코 여사의 영어 학원이 드디어 다음 달에 준공한 새 건물로 이사하게 되었습니다. 우리 가게도 비좁아졌고 마마코 여사의 건물 1, 2층이 영어학원이라고 하니, 3층을 통째로 빌려서 가게와 집 모두 거기로 이사할까 하는 중입니다. 지금 있는 곳보다 교통도 편리하고, 새 건물에는 주차장도 있어서 손님들도 기대하고 있습니다. 저와 마마코 여사는 같은 건물 위아래에서 일하며 매일 점심을 같이 먹게 되겠지요. 생각만 해도 즐거운 생활입니다. 그렇게 되면 모든 것을 둘이서 함께 하는 것도 충분히 고려할 수 있습니다.

호노오 다케루가 마루 도라이치에게 쓴 편지

소문에 따르면 이번에 영어학원이 신축 빌딩으로 이전하면서 야마 도비오의 가게도 거기로 들어가고, 둘이 어쩐지 결혼할 것 같다는데, 진짜인가요?

그 둘이 결혼한다면 말기 자본주의의 악덕이 함께 중화되어 주위에 끼치는 폐해와 위험도 훨씬 줄어듭니다. 그렇게 되면 저도 안심하고 그들과 다시 교제할 수 있을 것입니다. 역시 발이 넓은 그들과 알고 지내면 업무 상 여러모로 이득이니까요.

미쓰코는 건강하고 행복하게 지냅니다. 이제 배도 제법 눈에 띄게 커졌습니다. 넘어지지 않게 조심시키느라 저는 늘 초조합니다. 하지만 어찌됐든 임신에서 가장 불안정하고 위험한 시기는 지났습니다. 우리가 행복을 지나치게 맛보고 있으면 어쩐지 당신이 떠올라 미안한 마음이 들어요. 오늘도 홀로 쓸쓸히 텔레비전을 마주보고 땅콩을 오독오독 먹고 있다고 생각하면요.

> **마루 도라이치가 호노오 다케루에게 쓴 엽서**

부디, 모쪼록, 그냥 놔두세요. 제게 일절 신경 쓰지 마세요. 전 이대로 충분히 행복하니까요. 타인의 행복 따위, 그 누구도 절대 이해할 수 없을 테니까요.

작가가 독자에게
쓴 편지

작가가 독자에게 쓴 편지

여러분. 이렇게 편지의 왈츠는 다 끝났습니다.

편지에는 그때 그때의 감정으로 쓴 편지와 차갑고 실용적인 편지가 있는데, 하필이면 사람들이 본보기를 필요로 하는 것은 후자 쪽입니다.

그래서 예로부터 편지를 쓰는 법에 대한 지루한 책이 많이 있는데 "요즈음 당신이 잘 지내고 계신 듯하여 참으로 기쁩니다. 삼가 말씀드리옵건대……." 이런 예문을 일일이 따라서 편지를 쓰면 비록 재미는 없더라도 상대에게 실례가 될 염려가 없고, 명문은 아닐지언정 적어도 탈은 없는 편지를 쓸 수 있었습니다.

지금도 그런 예문만 모은 책의 실용적 가치는 사라지지 않았습니다. 아무리 세상이 바뀐다 한들 사람과 사람의 피상적인 관계에서는 '실례가 되지 않는다'는 게 제일이며 그 이상의 것, 예를 들어 솔직한 감정을 주고받는 것 따위는 조금도 필요하다고 여겨지지 않기 때문입니다.

하지만 이제 소로문候文*의 시대는 가고 너무 딱딱한 편지는 시대에 뒤처진 게 되었습니다. 그렇다고 해서 편지를 쓸 때 무례해도 된다는 증거는 어디에도 없습니다.

저는 편지에서 가장 중요한 요건만 말하겠습니다. 그것은 받는 사람의 이름을 틀리지 않는 것입니다. 이름을 틀리면 정중한 말을 천만 마디 늘어놓아도 다 소용없어집니다.

상대 이름의 자획을 잘 봅시다. 예를 들어 '아베安倍'라든가, '아베安部'라든가, '아베阿部'라든가, 세상에는 헷갈리는 성이 많이 있습니다. 고故 구보타 만타로**씨의 '만'은 어디까지나 '만万'이어야 하며 '만萬'이라고 쓰면 틀린 것입니다.

이름을 잘못 쓰는 것만큼 신경을 건드리는 일은 없습니다. 저희 집에는 다양한 편지가 오는데, 특히 문학 공부를 한다는 사람들이 제 이름을 틀리면 그 사람이 지닌 문학자로서의 섬세한 신경을 의심하게 됩니다.

제 이름은 '미시마 유키오三島由紀夫'라고 써야하는데, 어째서인지 '미시마 유키오三島由起夫'라고 잘못 적혀있는 경우가

---

* 중세시대에서 근대에 걸쳐 일본 편지글에 많이 쓰인 문어체
** 구보타 만타로久保田万太郎 (1889~1963), 소설가이자 극작가, 하이쿠 작가

많습니다. 저는 유키오由紀夫이며 유키오由起夫처럼 누군지 알 수 없는 사람이 아닙니다. '키紀'를 '키起'로 잘못 쓴 것만으로도 상대가 받는 인상에 큰 상처를 입히기도 합니다. 어쨌든 이런 작은 실수로도 읽는 사람은 문장 속에 쓰인 엄청난 결의가 다 가짜라는 생각을 충분히 할 수 있기 때문입니다.

편지를 쓸 때는 상대가 자신에게 전혀 관심이 없다는 것을 전제로 쓰기 시작해야만 합니다. 이게 가장 중요한 점입니다. 사람은 결코 남에게 깊은 관심을 가질 수 없고, 만약 가질 수 있다면 자신과 이해 관계가 얽혔을 때뿐입니다. 세상을 안다는 것은 이러한 쓰디쓴 삶의 철학을 절실히 깨닫는 일입니다.

물론 이 이해라는 말에는 돈만 얽힌 게 아닙니다. 명예도 있겠고, 성욕도 있겠지요. 그건 그렇고 편지의 수신인이 받은 편지를 중요시하는 이유는

첫째. 큰 돈

둘째. 명예

셋째. 성욕

넷째. 감정

말고는 하나도 없다고 생각해도 됩니다. 이중 셋째까지는 확실하지만, 넷째는 내용 범위가 넓습니다. 감정이라고 하는 이상 희로애락이 모두 포함됩니다. 유머도 들어있고요. 타산

이 아닌 편지로 남의 마음을 움직이는 경우는 모두 넷째에 해당됩니다.

각설하고 아까도 말했듯이 수신인이 당신의 편지에 대해 결코 아무런 관심이 없다는 전제로 편지를 쓸 경우, 어려운 것이 바로 이 네 번째 편지입니다.

첫 번째 편지라면 '당신에게 4천만 엔을 줄 테니 내일 아침 10시에 S은행으로 오길.'이라는 실로 무례하기 짝이 없고 인정머리 없는 문장이라도, 상대는 서둘러 은행으로 찾아올 것입니다.

두 번째라면 '당신을 내각 총리대신으로 추대하고 싶다는 움직임이 있으니 아카사카 N정亭으로 내일 6시에 오길 바란다.'라고만 써도 거물인 상대는 정각에 번쩍번쩍한 벤츠를 식당 현관까지 몰고 올 것입니다.

세 번째라면 '당신이 너무 너무 좋아서 함께 호텔에 묵고 싶으니 내일 밤 8시에 찻집 M으로 와주세요. 당신의 P코로부터.'라고만 써도 이심전심, 그는 의욕적으로 달려갈 것입니다.

그러니 첫 번째, 두 번째, 세 번째 편지라면 예문이나 본보기가 전혀 필요 없으며, 어떤 악문이라도 목적을 달성할 수 있습니다.

하지만 네 번째 편지는 너무도 다양해서 제각기 용도와

목적이 다르니 어렵습니다. 형식적인 감사 편지라면 반드시 감정에 호소하지 않아도 되고, 어차피 첫 번째, 두 번째 편지와 관계가 있지만, 말을 써서 말만을 가지고 타인의 감정을 움직이려면 만만찮은 열정이나 남다른 문장 기술이 필요하기 때문입니다.

그 경우에도 아무리 정열이 넘친다 해도 상대가 당신에게 전혀 관심이 없다면, 상대가 누구든 간에 멋대로 정열을 발산한다 한들 상대는 귀찮게 여기고 바로 쓰레기통에 던져버릴 뿐입니다.

저는 제 앞으로 자주 오는 여성독자의 편지에서 그러한 예를 자주 발견합니다.

전략.

저는 O현 N시의 OL인데 저는 어려서부터 인생의 부조리함 때문에 고민해왔습니다. 정원의 감나무 너머로 석양이 저물 때면 어쩐지 눈물이 번지는 듯한 기분이 들었던 기억이 있는데, 어지간히 조숙했던 거겠죠. 제게는 오빠가 두 명 있습니다. 둘 다 N시에서 일하고 큰오빠는 이미 결혼을 했어요. 선생님, 결혼생활에 대해 어떻게 생각하시나요? 거기엔 무언가 슬픔과 유머의 엄청난 결합이 있다는 상상을 하게 됩니다. 선생님의 결혼관을 들려주세요. 가능한 한 길게…….

미지의 여성으로부터 이런 편지를 받는 남자의 당혹감을 상상해보십시오. 무엇보다 이 여성은 저와 아무런 관계도 없으면서 편지 첫째 줄에 'N시의 OL'이라고만 쓰면 그것을 본 제가 관심을 갖고 이런저런 로맨틱한 상상의 나래를 펼치겠지 하고 홀로 단정지었는지도 모르겠습니다. 하지만 그건 터무니없는 자만이며, 저도 바빠서 쓸데없는 환상을 펼칠 시간 따위는 없습니다.

그리고 갑자기 '감나무 너머로 저무는 석양'이라는 문장을 보게 되는데 이것도 어이없는 재난입니다. 정원사도 아니고, 저는 남의 집 감나무 같은 데 흥미가 없고 감을 훔친 적도 없습니다. 결혼에 대한 감상을 들려달라는데, 듣도 보도 못한 사람에게 결혼에 대한 긴 감상을 써서 보내는 일 같은 건 노이로제 환자나 하는 짓이며, 제겐 딱히 노이로제가 없습니다.

하나를 보면 열을 알지요. 이 N시의 OL 아가씨는 수신인인 저의 관심을 끄는 데 완전히 실패했습니다. 그것은 그녀가 '미시마는 분명 내게 관심을 가질 것'이라는 어림짐작에서 나온 전제에서 출발했기 때문입니다.

세상 사람들은 모두 저마다의 목적을 향해 매진하고 있고 사람이 타인에게 관심을 가진다는 것은 상당히 예외적인 일임을 깨달았을 때, 비로소 당신이 쓰는 편지에는 생생

한 힘이 갖추어지고 타인의 마음을 뒤흔드는 편지를 쓸 수
있게 될 것입니다.

QR코드를 스캔하시면
옮긴이의 말을 확인 하실 수 있습니다.

미시마 유키오의 편지교실

지은이 미시마 유키오
펴낸이 김영정

초판 1쇄 펴낸날 2024년 12월 2일

펴낸곳 (주)현대문학
등록번호 제1-452호
주소 06532 서울시 서초구 신반포로 321(잠원동, 미래엔)
전화 02-2017-0280
팩스 02-516-5433
홈페이지 www.hdmh.co.kr

ⓒ 2024, 미시마 유키오

ISBN 979-11-6790-280-1 (03830)